サトウとシオ
イラスト 和狸ナオ

たとえばラストダンジョン前の村の少年が序盤の街で暮らすような物語 vol.11

美魔女？いーねーー！
五万ポイントあげちゃうよ！
リンコ
冒険者ギルド長。
20年姿が変わらない
謎多き美女。

ギルド長……！
そのお姿は……？
巨漢を楽々持ち上げる美魔女登場!?
この人、どこかで見たことあるような……？

うーん……
フマルさんの船はあの辺かな？
重要人物ははるか海の彼方!?
でもロイドくんに不可能はない！

うるせえ
まさか 海の上までは
追ってこれねえだろうよ
フマル・ケットシーフェン
アザミ海運ギルド長。
大の王様嫌いで
知られる。

あの……
王女様……

ど、どぞー……
（来たっ！ ついに私の正体を告白する時が来たっ！）
国賓舞踏会でダンスをご一緒に。
マリーさんの正体はもう隠せない!?

目次 [CONTENTS]

プロローグ ………… 005

第一章 たとえば状況証拠と偏見だけで犯人を特定してしまうポンコツ探偵のようなロイド ………… 049

第二章 たとえばバレンタインに手作りチョコを貰ったような勘違いしても仕方がない状況 ………… 113

第三章 たとえば父性本能に近いような愛情 ………… 226

第四章 たとえば真実という名の極秘任務を告げられた密偵のような心境の二人 ………… 280

GA文庫

たとえば
ラストダンジョン前の村の少年が
序盤の街で暮らすような物語 11

サトウとシオ

GA文庫

たとえば
シリーズ途中から
リニューアル
されたような

登場人物紹介

Character Profile

魔女マリー

雑貨屋を営む謎の美女。
正体はアザミの王女様。

ロイド・ベラドンナ

伝説の村で育った少年。
自分の強さに自覚なし。

リホ・フラビン

元・凄腕の女傭兵。
ロイドで一攫千金を狙う。

セレン・ヘムアエン

ロイドに呪いから救われた。
彼こそ運命の人と熱愛中。

アルカ

伝説の村の不死身の村長。
ロイドを溺愛している。

アラン・リドカイン

ロイドを慕う貴族の息子。
レンゲと結婚式を挙げた。

ミコナ・ゾル

ロイドの学校の先輩。
マリーのことが大好き。

フィロ・キノン

ロイドを師と仰ぐ格闘家。
異性としても彼が好き。

カツ・コンドウ

冒険者ギルド長代行。
リンコの姿に驚愕。

リンコ

冒険者ギルド長。
謎多き美女。

ルーク・シスル・アザミ

アザミ王国国王。マリーの意中の人が気になる。

パメラ・ジークロル

士官学校の先輩。
わけあって衣服に精通。

メルトファン・デキストロ

元・アザミ王国軍大佐。
今は農業の伝道者。

フマル・ケットシーフェン

アザミ海運ギルドの長。
なぜか王様を嫌っている。

レナ・ユング

ユーグのかつての姿。
ルカの同僚研究員だった。

秋月ルカ

アルカのかつての姿。
天才的な研究員だった。

サタン

夜を司る強力な魔王。
ロイドの武術のお師匠様。

プロローグ

アルカは大昔の――研究所時代のことを思い浮かべていました。

コーディリア研究所の何の変哲もないある日の朝。

まさか世界が変わってしまうなど夢にも思わないのどかな朝のことをです。

寝ぼけ眼《まなこ》をこすりながら、アルカ――秋月《あきづき》ルカはロビーで携帯端末をいじりながらコーヒーを飲んでいました。

黒髪の二十二歳。その目つきは大人の女性を通り越しどこか達観した眼差《まなざ》しでした。寝ぼけ眼をこする姿は可愛《かわい》いというより次の作業への予備動作と思えるほど。

無理やり血糖値を上げるべく角砂糖をコーヒーに入れるというより、浸《ひた》す勢いで放り込み、ドロドロというよりザラザラの状態を口に含んで胃に流し込んでいます。

そこに一人の青年が現れました、髪の毛はボサボサ、朝帰りなのかよれよれのワイシャツにネクタイは緩みっぱなしで、おおよそこれから仕事をする人間には見えません。

瀬田成彦《せたなるひこ》、アルカの先輩で同じ班に属する癖毛《くせげ》がチャームポイントのちょっぴり頼りない青年です。

彼はコーヒーをするアルカに気が付くとウオーターサーバーから水を汲《く》み、何気ない顔で彼女の前に座ります。

アルカはそんな瀬田を一瞥《いちべつ》して、また携帯端末に目を落とします。ほぼ無視ですね。

「ちょっとアルカ氏～リアクションしてよ～」

「なんで？」

ぶっきらぼうに答えるアルカ。瀬田は芸人の如《ごと》く自分の存在をアピールしていますね。

「なんでって尊敬する先輩じゃん、パイセンじゃん」

「尊敬って単語は取り除いて」

淡々と訂正を促すアルカに瀬田は話も聞かずに一方的に語ります。

「こうなんていうの、朝までロビーで建設的な議論をしていたって雰囲気を醸《かも》し出してよ～。石倉《いしくら》主任に見つかっても誤魔化《ごまか》せるようにさ。次怒られたらまたトイレ掃除させられちゃう……やりすぎて清掃のおっちゃんおばちゃんからもう仲間扱いだよ」

そこまで言って水をぐぃっと美味《うま》そうに飲み干す瀬田。その仕草《しぐさ》がもうすでに朝帰り感醸し出しまくりでした。

トイレ掃除の確認表に瀬田のサインが頻繁にある事を思い出し、呆《あき》れるアルカ。

「だったら朝帰りなんてしなければいいのに」

「メンタルを保つため、肯定してくれる誰かが欲しいんだよ」

そして真顔で夜のお店の存在意義、そして熱を上げている女の子に対しての愛を熱弁する瀬田。アルカは興味のないやかましいラジオを聞かされているように眉間《みけん》にしわを寄せています。

そんな建設的どころか議論の余地すらない熱弁をふるう瀬田のところに、件《くだん》の石倉主任が現れました。

長身痩軀《そうく》から繰り出される蛇のような鋭い目つきに、饒舌《じょうぜつ》に語っていた瀬田の熱弁は一瞬で尻《しり》すぼみに。そして聞かれてもいないことをペラペラ言い訳し始めます。

「い、石倉主任！　これはですね朝帰りしてきたわけではなくアルカ氏と今後の研究について熱く議論していたわけでありまして！　あぁ、あと昨日のお酒が残っちゃってるのかな？　年だなぁいやだいやだ！」

「もう自供だね」

さて、いつもだったら蛇のひと睨《にら》みと共に、追及に説教と取調室が如く朝帰りについて尋問が始まるはずなのですが……

「おはよう二人とも」

二人に挨拶《あいさつ》だけするとまたきょろきょろと辺りを見回し始めました。

新しいいびり方かと戦々恐々としていた瀬田ですがなんか違うぞとそっと石倉に尋ねました。

「あの～主任、何か起きたんですか」

「ぬ？　あぁ、起きたといえば起きたかもしれんが……なぁ秋月」

「どしたの」

「その、変なことを聞くが、ウチの娘を見なかったか？」

「娘さんを？」

意外な人を捜していることにアルカが驚いた表情で聞き返します。

「あぁ、今朝《けさ》挨拶しに病棟に向かったのだがいなくてな……看護師さんに聞いても居場所が分からないと言われ……」

瀬田は合点《がてん》が行ったように手をポンと叩《たた》きます。

「なるほど、それで抜け出して研究所の方に来ていないかと探していたわけですね」

「そしてどうせ瀬田は朝帰りだから知るわけないだろう……と」

アルカの横やりに瀬田はしどろもどろです。

「ちょっとアルカ氏⁉　なにげにばらさないで！」

「そんなのは雰囲気ですでに分かっているが……それより娘だ」

実に付き合いの長さを物語る一言ですね。まぁ、もうすでにルーティーンと化したキャバクラ通いの部下より実の娘が心配なのは父親として当然のことでしょう。石倉は普段の毅然《きぜん》とした態度ではなく挙動不審になっていました。

「おおかたトイレ行っていて行き違いとか……まぁ好奇心旺盛なあの子だし、体調がよかったらふらっと中庭辺り散歩しているかも」

「そうですよ主任、お水でも飲んで落ち着いてください」

　ここぞとばかりにポイントを稼ごうとする瀬田の差し出すお水を石倉は飲み干します。不安でのどがカラカラだったのでしょう。

「すまん……散歩だといいんだが。ところでユングはどうした？　いつも一緒じゃないのか？」

「一緒っていうかアイツが私にくっついて来るだけだよ」

　アルカはドロドロのコーヒーを飲み干すと辺りを見回しました。

「確かにいつもだったらこのくらいの時間帯には朝の挨拶がてらウザがらみしてくるんだけどね……」

「ふーむ、ユングにも娘を見かけたか確認したいのだが」

　体調不良か？　そう思い始めるアルカと石倉。その時、瀬田が何かを思い出したようです。

「あ、そういえば見かけましたよユング氏を」

「ほう、どこでだ」

「えーっとですね、今日は結構朝遅く帰って来たから正面玄関ではなく裏口の方から入ったんですよ……っと！　気分転換に裏口からこっそり侵入したんです！」

　全部白状した後のかなり稚拙な言い訳に石倉は額を押さえます。

「誤魔化す努力が遅すぎたな、まぁバレバレなので意味はないが」

　瀬田は髪の毛に手を突っ込んで「タハハ」と笑いながら頭をボリボリ掻《か》き、話を続けます。

「掃除のおっちゃんおばちゃんと仲良くなったんで裏の通用口も顔パスで通してもらえるようになりまして……」

「そこから研究員しか入れない地下施設への通路を通って何食わぬ顔でロビーに現れたと」

「アルカ氏ぃ！　事実陳列罪！」

呆れるアルカに涙目の瀬田。

石倉は指が食い込むほど額を押さえています。

「もういっそ清掃員になるか瀬田？　そっちの方がいい気がしてきた」

「研究員と清掃員って員しか共通点ありませんよ！　……で、その通路歩いていたら足音が聞こえたんで陰に隠れたんです、もし偉い人とばったり会って朝帰りだとバレたら目も当てられないじゃないですか」

「今でも十分目も当てられないけどね」

「続けるよアルカ氏！　陰に隠れて通り過ぎるのを待ってたのさ。そして足音が遠のいたので誰だったのかな～って覗《のぞ》いてみたら、ユング氏だったんだよ」

「アイツが地下施設に？　何の用だろう」

「それだけじゃないんだ、なんと一緒にいたのはエヴァ大統領」

「大統領が⁉　本当なのか？」

驚く石倉に瀬田は「マジです」と頷《うなず》きます。

「ええ、よく見る高そうな杖《つえ》ついていましたし。しかし体調悪いのに護衛の一人もつけていなかったですね……てか大統領来ているなら教えてくださいよ、さすがに俺《おれ》も朝帰りは控えますって」

「いや、そんな話は聞いていないが……私にも下りてこない極秘訪問なのか？」

「でもユングだけが一緒ってのもおかしな話だね、研究成果を聞きたいなら同じ班の人間……少なくとも石倉主任を呼ぶだろうし」

深まる謎《なぞ》に首をかしげる一同。その時瀬田がまた何かを思い出します。

「他《ほか》にも誰かいたような……あ、いやでもアレが？　まさかな……」

「他にもいたの？」

「まさかと思ったのですっかり失念していたけど……主任の娘さんがいたかもしれません、ユング氏と大統領を見かけた後に、他の職員が連れていたような……」

「娘が⁉　何故《なぜ》⁉」

瀬田の肩を摑《つか》み揺らす石倉。瀬田は気持ち悪くなったのか顔を青くします。

「うっぷ、昨日のドンペリニヨンが出ちゃう……あ、いや俺もまさかな～って見間違いだと思ってスルーしちゃったんです。今思い出しました……」

「でも現に主任の娘さんはいない」

瀬田が見たのは石倉の娘である可能性が高い。

不穏な空気が三人の間に流れる中、石倉の携帯端末が震えます。

「ぬ……他班のトニーか……どうした？　あぁ、いるが……」

石倉はアルカと瀬田を見やったのち、テレビ電話モードにしてテーブルの上に端末を置きました。

画面が切り替わり、そこにはぽっちゃりとしたアメリカンな青年がカラフルなジェリービーンズをほおばっていました。

金髪碧眼《へきがん》、ほんのりそばかす混じりの白い肌、そして白衣の下のワイシャツのボタンが悲鳴を上げそうなほどパッツパツな体型の青年です。そのボディと朝からお菓子を食べている様子を見るに、何か常に口に含んでいないと落ち着かないタイプなのでしょう。

『センキュー石倉主任！　お、アルカちゃんに……瀬田の野郎もいやがるか。朝からタンブルウィードみてーな髪型しやがって、アイダホの荒野にでも転がってろ』

「開幕早々人の頭を西部劇でよく見かけるアレにたとえるな！　お前も自爆一歩手前の中ボスキャラみたいな体型しやがって！　ダイエットでもしろ！」

『ホーリーシット！　悪いけどお前と違って自重《じじゅう》が重いから筋肉はついているんだぜヒョロガリ！　お気に入りのあの子も筋肉ある方が好みだって言っていたしなぁ！』

「腹筋一回もできないくせに筋肉を語るな！」

『物理的に不可能なことを要求するな！』

腹の肉がつっかえて腕立て伏せも怪しいトニーは瀬田と口論を始めます。端々《はしばし》からキャバクラでお気に入りの女の子を取り合っていることが分かり、アルカは白い眼を双方に向けました。

「で、そんなこと言うため主任の携帯に連絡したわけじゃないでしょ」

『おっとソーリー。そうだよ聞きたいことがあるんだ、お宅のレナ・ユングについてだ』

「ユングが？」

『なんかよ、所長に許可もらってウチの研究結果に片っ端から目を通して、んでもって今日は朝から人んところの開発施設にまで入ってるみてーなんだ、なんか聞いていないか？』

三人は目を合わせると同時に首を横に振りました。

『知らねってか……だよな、厳格な石倉主任がこっちに一言もなく他班の研究に首ツッコませるわけないもんな……じゃ、独断か。コーディリア所長、軽い感じで許可したんだろうな、あの人ゲームしている時たいがい生返事だもんよ』

瀬田は携帯端末を覗き込むとトニーに問います。

「ところでトニー、エヴァ大統領が訪問しているって話は聞いているか？」

『大統領⁉　いや、聞いてないぜ。抜き打ちの視察か⁉』

「今日のユングの行動、私たちも気になっていてね。いったい彼女はどこに向かおうとしているのかな」

『例の人体修復の実験施設さ。死んでさえいなければどんな病気だろうとケガだろうと克服できる技術のね』

「なんだと……」

その時、研究所内にけたたましい警報が鳴り響きました。

耳をつんざく聞きなれない音に周囲の研究員は身をすくめたり右往左往したりしています。

「な、なんだ？　火事か？」

「火事じゃないよこれは」

「侵入警報だな、技術が盗まれないように地下施設には幾重もの警備装置が設置されている」

携帯端末の中でトニーが切羽詰《せっぱ》まった声で叫びます。

「おい！　こっちに入った情報だと地下施設の最奥、例の装置を管理している部屋に侵入者だってさ！」

トニーの情報にアルカの脳裏にある懸念が走ります。

「ユング……まさか！」

心当たりがあるのか、アルカは駆け出します。

「ちょ、アルカ氏⁉　どうしたのさ⁉」

「嫌な予感がする！」

それだけ言うとアルカはロビーを出て地下の施設へと急ぎます。

警報が鳴り響き赤いランプが不安を掻き立てるように明滅しながら廊下の壁を照らす中、

何事《なにごと》か分からず逃げ出す所員の流れに逆らいながらアルカは奥へ奥へとひた走ります。

「杞憂《きゆう》でなければいいけど」

常日頃《つねひごろ》から功名心が高く、何かと自分に対して対抗心を持っていたユング。

難航していた人体修復の技術を「例の装置」の出力を上げることで無理やり成功させようとしていたとしたら。

エヴァ大統領と同じ病気の石倉主任の娘。

石倉主任の娘さんにまず実験して問題がなければエヴァ大統領に施術、成功すれば難病を完治させた稀代《きたい》の学者として未来永劫《えいごう》語り継がれる……そう、成功すれば。

「理論上は可能だ、でも……」

不確定要素の塊《かたまり》である例の装置を調整することはコーディリア所長ですら躊躇《ためら》っていた。

何が起きてもおかしくはない不安定なオーパーツのようなもの。

雨を降らせてたったひと月で作物を収穫できるほどにまで改良することもできた。隕石《いんせき》だって降らせることも不可能ではない代物は、一歩間違えたらこの世界が壊れてしまってもおかしくない。

「常に薄氷の上で研究していることを時間がたって忘れてしまったのか、ユング」

毒づきながらエレベーターで地下へ地下へと下りていくアルカ。

警報の音がうっすら遠くに聞こえるほど離れた場所に降り立つと、駆け足で走りながらぼやきます。

「まったく、こんな騒ぎ起こして。始末書だったらいくらでも書き方を教えてあげられるけど……いくら大統領が一緒とはいえその程度じゃ済まないぞ」

コーディリア研究所の実験施設の廊下をアルカは速足で目的地へと向かう……その時でした。

——カラン
足元で何かが転がる音がして、アルカは立ち止ります。

「なんだ?」

蹴飛《けと》ばしたものを恐る恐る眺めるとそれは見覚えがありました。

「これ、エヴァ大統領の杖だ」

質の良いアンティークのような杖を手に取るアルカ。

その杖に似つかわしくない鮮明な赤い色が塗りたくられています。警報器の赤い光に混じり、それが血だと気が付くのに時間がかかりました。

「え?　血?」

戸惑うアルカは不思議に思い辺りを見回します。

そして薄暗い廊下の曲がり角の壁にもたれかかっているエヴァ大統領の姿が彼女の目に入ります。

「大統領!」

駆け寄るアルカ。エヴァ大統領は胸元《むなもと》に赤い花のようなシミを作っていました。どうやら銃で胸を撃たれたようです、手は冷たくなっており、すでに死んでいるようでした。

「なにが……いったいどういうことなんだ？」

ガシャン！　ゴウンゴウン……

奥で扉が開く大きな音が聞こえ、アルカは大統領をその場に横たわらせるとユングがいると思われるところへ駆け出します。

幾重にも設置された防犯シャッターが全て開けられている廊下をひた走るアルカ。

そして大きく開けたホールのような場所にたどり着きました。

周囲を囲う螺旋《らせん》階段は暗く底の見えない地下まで延びています。

吸い込まれそうな深淵《しんえん》の中央にはリフトがあり、いくつものモニターの連なった端末が怪しく明滅しており……不穏を掻き立てる空気です。

その端末の前で、やや身長の低い研究員――レナ・ユングが端末と格闘していました。

「あぁもうバカ、微調整が難しいな」

「ユーグ！」

響き渡るアルカの怒気をはらんだ叫び声。

ユングはゆっくり振り返ると「待っていた」と言わんばかりに悪い笑顔を見せました。

「やぁ、アルカ。来ると思ったよ、そしてお察しの通りさ」

功名心を隠そうともしないむき出しの犬歯。自分の推測が当たってしまったことをアルカは嘆《なげ》きます。

「察したくなかったさ」

「なんで？　君ならボクの考えを理解してくれると思っていたのに」

笑いながらユングは端末へと向き直りました。

「例の装置の出力を20から50に引き上げる。出力っていう概念があるのかどうかもちょっと疑問だけどさ、手をこまねいていたら何も進まない」

「それが今日とは思わなかった」

「なんだって突然起こるの。それに悲しいかな、スポンサーに尻叩かれたら雇われの立場としたら頑張らないといけないでしょ」

ユングは全然悲しくなく、むしろ好都合で、その心の中は満面の笑みなのが透けて見えてしまうアルカ。彼女は拳《こぶし》をギュッと握りしめました。

「このことをコーディリア所長は知っているの？」

キーボードを叩く指を止めることなくユングは答えます。

「んー？　所長に直接申請書出しに行ったけど二つ返事でオッケー出してくれたよ。科学の発展に犠牲はつきものデースとも言ってたし」

「あぁそうだった！　あの人の座右《ざゆう》の銘《めい》は「女は度胸、何でもやってみるもんさ」だった！」

適当すぎる上司にアルカは頭を抱えます、ソシャゲの規約並みに全く読まず同意したのでしょう。

「ま、あの人のことだ。ボクが恐らくこうすることも知っていたんだろうね。逆にあの反応を見て、この実験が成功するかどうかは五分五分だって裏付けが取れたようなものだよ。さすがにあの人も死ぬ気はないだろうからね」

「死の概念すらもなくなってしまうかもしれないんだぞ」

アルカの言葉にユングは肩を揺らして笑います。

「今からやろうとしていることがまさにそれじゃないか。ましてや君の目的はその先だろう」

「……」

無言を返すアルカ。彼女が反応してくれたこと、言い負かせたことにユングは高揚《こうよう》します。

「ボクは高みに上るんだ、誰も成し遂げたことのない人体修復、無限のテロメア。それを名高きエヴァ大統領で実施するのさ、後世に語り継がれる偉業さ！　これが成功すれば君の目的、ロイ君にも二歩でも三歩でも近づくだろうアルカ！」

「…………」

「殴ってでも止めようとしないところが君の本心だと受け取るよ！」

「くっ」

「さーて、作業も大詰めだ。手伝う気がないのなら静かにしていてもらおうかな……死んでさえいなければどうとでもなる再生の技術を確立させた功績でボクは後世に名を残すんだ。治した相手は新興国の大統領エヴァ様。歴史に名が残らないはずがないぜ！」

死んでさえいなければ――

エヴァ大統領――

ユングの言葉に、先ほど廊下で見かけた姿を思い出したアルカはそのことを彼女に問います。

「でもエヴァ大統領は廊下で死んでいたけど大丈夫なの？」

「え？　なにそれ」

「あと石倉主任の娘さんも使ってどうしようっての？」

「死んだってどういうことだい！　それに娘さん⁉　知らないよ！　……あ⁉」

「ちょっと待て！　「あっ」てなに⁉」

「ど、動揺させないでよアルカ！　え？　なんでここ外れているの⁉」

エヴァ大統領が死んでいた事実に手元が狂うユング。

そしてホワイトアウト……アルカの視界に白い光のようなものが飛び込んできて――それが彼女の見た不老不死になる前の、最後の光景でした。

コンロンの村、ピリドの家の一室でアルカはちっちゃな腕を組み、目を瞑《つむ》りながら過去――研究員時代を思い返していました。

「よもやこのようなことになるとは思わなんだ……」

窓の外に広がる大自然と青い空、雲の隙間《すきま》を縫うように飛ぶドラゴン――ファンタジーのような世界を見やると嘆息《たんそく》します。

「世界も、ワシの体も」

小学生くらいの体格になってしまった自分の体に視線を移すと、可愛らしい手をニギニギと動かします。

「不老不死のこの体は自分の思い出深い頃の年齢になると聞いていたが……おそらく九歳くらいじゃの……あの時の年齢じゃ……」

『これが成功すれば君の目的、ロイ君にも二歩でも三歩でも近づくだろうアルカ！』

「そうじゃ、この姿になっていったということは未《いま》だにロイの幻影に囚《とら》われていたということ」

そこをユーグに見抜かれ、暴走を止めることを戸惑ってしまった自分にもこの現状の責任はある……と今まで思っていました。

「しかしじゃ、イブ……エヴァ大統領が全ての事の発端で、今のユーグの凶行もあの人が噛《か》んでいるとあったら話は別じゃ。事と次第によっては――」

悲壮な覚悟を見せるアルカ。

「ただいま〜って村長だけか」

そこにショウマが訪れました。日に焼けた健康的な小麦肌に登山家のように動きやすい服装。コンロンの村人で運搬業をやっていた青年です。

ロイドを好きすぎるがゆえ、ロイドを彼の好きな小説の主人公のような世界を救う英雄にするため魔王を利用したり暗躍したり……かなり際どいムーブをかましていました。

しかし共に行動していた怪人ソウと一緒にロイドたちに敗れ、今は憑《つ》き物が落ちたようにすっきりした顔になっている彼はアルカにソウのことを尋ねます。

「ところでソウの旦那の容態は」

「いまだ寝たきりじゃ」

アルカの視線の先、ベッドの上では白髪の男性が静かに寝息を立てていました。

怪人ソウ――アルカがルーン文字で作り、世界を救った英雄。

しかし不死身になった彼は、この世から消えてなくなるためにロイドを英雄にしようとショウマと結託して悪事を働きました。

ロイドに敗れ、消えるはずの彼はショウマという友達ができたことでまだ消えたくないと願ったため相反する思いが募り深い眠りについたのでした。

「そっか」

「消えたいと願ったり消えたくないと願ったり、忙しかったんじゃ……ゆっくり寝かせてやれ。

ところでショウマよ、そこに座れ」
息子を見るような眼差しのアルカはショウマを椅子《いす》に座らせます。
「なんだい？　またお説教かな、この前もピリド爺《じい》さんやカンゾウさんに叱られたんだけど
ね……まぁアレだけのことをしたんだし、しょうがないか」
「同じ失態を思い出すたびに叱るような陰湿パワハラ上司のようなことをせんわい、別件じゃ
別件」
「なにかな、ロイドはワシのものだから弟離れしろってかな。それはたとえ村長の命令だろう
と聞けないね。ていうか村長こそロイド離れしなよ」
「それに関しては別件の別件じゃ！　たとえパワハラと言われてもお主《ぬし》に説教、いや説法をか
まし続けることも辞さんわい！」
この会話から分かるように二人ともロイド大好きすぎでして……いわゆる同族嫌悪なのです。
ショウマが村を出てアルカに反目するようなことをしていたのもその辺が関わっていまして、
まぁ厄介《やっかい》な連中だと思ってください。
「じゃあ何かな？　自分の仕事手伝ってってって相談？　俺メルトファンさんに結構な量の農作業
振られてて今キャパシティ全然ないよ。あの人熱すぎるんだよなぁ」
「そうじゃないわい……ユーグのやっていることについてじゃ」
ショウマは椅子の背もたれに身を預けると嘆息交じりで答えます。

「その件については何度も答えたはずなんですけどね刑事さん」

「お主、犯人みたいなムーブかましとるぞい」

「冗談冗談。でも大体答えたはずなんだけどなぁ。魔王を使って世界を混乱させ、自作の兵器やら何やらを各国に配って無理やり世界を発展させようって……その辺はお友達の村長の方が詳しいんじゃないか？」

「もう一度聞きたいことがあっての……お主らの計画の中にイブという人物はからんでいなかったかえ？」

「イブってあの大国プロフェンの王様かい？　常にウサギの着ぐるみを着ているとか」

「その様子じゃイブとユーグが関係しているとは知らんようじゃな」

「ユーグ博士に村長以外の友達がいたとは思わなかった。だとしたら村長同様ぶっ飛んでいる人なんだろうね」

「あぁ、否定せん。もし本当につながっていたとしたらな……あの人は人心を動かすことに関しては相当な手練《てだ》れ、本人が気づかぬうちに都合よく動かされていてもおかしくはない」

アルカの意味深な発言にショウマも思う節があるのかアゴに手を当てて思案します。

「ソウの旦那もいきなり思いつめた顔をしてロイドを殺そうとした……可能性は十分あるね」

「なんにせよ知らんのならしょうがない。じゃがイブという人物には警戒してくれ」

小さく頷くショウマ。アルカは自責の念に駆られたのかうつむきます。

「ソウをそそのかしたのがイブなのかもしれんのなら……しかし、だとするとコーディリア所長もグルなのか？　こうなると分かっていたら、あの日のユーグを止めなかった理由が見当たらん……いや、止めなかった時点でワシも同罪じゃ」

アルカは気を取り直し、意を決したかのように小さな拳を握りしめました。

「ジオウ帝国に単身乗り込み、ユーグを止めるだけではこの一連の事件は収まらん……この広い世界で、変貌してしまった地球のどこかからコーディリア所長を探し出して真相を究明せねば」

「ジオウに乗り込むときは俺もついていくよ……色々しでかした不始末は自分で……それにソウの旦那をそそのかしてロイドを殺そうとした奴《やつ》がいるならぜひ礼をしないと」

笑顔の裏に強い怒りを滲《にじ》ませるショウマにアルカは「その時はよろしくの」と答えました。

ふっと気を緩ませたショウマはいつものテッカテカに明るい笑顔に戻りました。

「さーて、そろそろ俺は行くよ。カメラで押さえたロイドの雄姿を編集したいんだ、ソウの旦那が目を覚ましたら絶対見たいだろうしね」

笑顔の裏に強い……何とも言えない熱いものを滲ませまくりながら席を立つショウマ。ロイドの映像編集と聞いてアルカも看過できないご様子です。

「なんじゃと⁉　そんなものをカメラで撮っていたのかバカショウマが！　ワシも立ち会うぞ！　ロイド独占禁止法に触れまくりじゃからな！　逮捕するぞい！」

「質《たち》の悪い刑事さんだなぁ……じゃあ村長の秘蔵コレクションも見せてくれないか、撮ってるんでしょ、その水晶で」

「司法取引かえ……この知能犯めが」

「独占禁止法なんでしょ、ギブアンドテイクだよ村長……まさか独占禁止法どころじゃない法に触れる何かが⁉　俺まだあのマッサージをロイドに教えたのは許していないんだからね！」

「ぬかせ！　お主もちょっと乗り気でマッサージしてもらおうとしてさり気なく肩を回しまくっていたろ！　まぁ安心せい、プラトニックな映像じゃ、見せるのは口惜《くや》しいがの」

「俺だって口惜しいさ」

　二人ともシリアスの時と熱量違いすぎじゃないでしょうか。

　さっきと同じくらい……いえ、それ以上の悲壮な決意を滲ませて交換条件を飲み、自分の映像を見せあいっこする両者。もうちょっと危機感つのらせろと言いたいですが、この様子じゃまだまだコンロンとこの世界は平和なようですね。


　さて、件のジオウ帝国から前回呪《のろ》いによる攻撃を受けたアザミ王国は戦争を視野に入れた対策を講じ始め、クロム以下アザミの軍人はその対応に追われていました。

　士官学校の教官陣は戦争を視野に入れた授業内容に切り替え、国民の避難誘導訓練などが中心になっていました。

「奇しくも早い段階での進路希望調査が役に立ったな、生徒の希望と適性を加味した割り振りができる。実際に戦争が起きても対応できるぞ」

慣れた手つきで授業内容を差し替えているそのクロムの隣で、コリンはため息をつきます。

「はぁ……戦争なんて慣れたくないもんやけどな」

愚痴るコリン。そこに久々に軍服姿で事務をしているコンロン村の住人兼アザミ軍農業特別顧問のメルトファンが会話に入ってきました。

「この戦いはジオウ帝国の義のない侵略に対して国民を守る大義のある戦いだ。一口に戦争と言い切れないぞコリンよ」

「相変わらず真面目《まじめ》やなぁ」

「……少なくとも私が私怨で起こそうとした戦争とは違う」

「メルトファン……」

メルトファンは過去に魔王に利用されアザミ王に魔王を取り憑かせ戦争を起こそうとしたことがありました。

その時の苦悩と後悔を知っているクロム達がかける言葉を斟酌《しんしゃく》している中、空気を察したのか気にしないのかあえて壊すためなのか、糸目のメナがのほほんと現れました。

「どしたの？　妙な空気になってさぁ……もしかして集団ダイエットで元気がないとか！　なんで誘ってくれなかったのぉ……誘われても多分断っていたけど。貝とかイカが今旬なんだよね～」

「元気やなぁメナやんは」

「どんな状況でも空気を読まないことに関してはナンバーワンかつオンリーワンだよ。そんな人間一人で充分だって？　それは言いっこなしだぜジョニー」

　呆れ顔のコリンに対し、クロムは慣れているのか冷静に仕事の話をし始めます。

「ジョニーはともかく、例のギルドの件についての話は進んだのか？」

「うん、ダンスホールでパーティを開いて決起集会をしましょうって感じで決まったよ」

　ご説明しましょう。戦争が起きた場合、冒険者や商人、流通といったインフラを取り仕切るギルドと協力体制を取るのは、周辺国と連携を取るのと同じくらい重要なのです。

　いい感じで戦えていたのに物資が届きませんでしたーとか、あの軍人嫌いだから補給は後回しにしてやるとかいうことにならないよう、そのわだかまりを解消したりする会合だと思ってください。

「有事の際、スムーズな街道封鎖や物資輸送の都合をつけてもらったりするための根回しが必要やからな」

「豪華なパーティにいいお酒があれば「街道封鎖？　喜んで！」みたいになってくれるもんねぇ。ほぼほぼバッチリオッケー&イジーオペレーションッ」

　調子のいいメナにクロムがツッコみました。

「ほぼほぼ、か……なんか懸念材料があるのか」

ツッコまれたメナは悪びれなく「誤魔化せないか〜」とケラケラ笑っていました。

「あ、やっぱバレたか。一つだけ協力どころか返事もしてくれなそうなギルドがあるんだよね。

さてここでクエスチョン、そのギルドとはいったい――」

「海運ギルドだろ」

「海運ギルドやろ」

「海運ギルドだろうな」

クロムにコリンにメルトファン、一同声を揃《そろ》えての回答にメナが苦笑いします。

「まったくクイズにもなりゃしないとは……やれやれだね」

「出題が悪いで。昔っからアザミ軍と仲悪いのは有名な話や」

コリンがため息交じりで語る海運ギルドとはいったいどんな組織なのでしょうか。

「ねー、海のギルドなのに取りつく島もありゃしないとは」

メルトファンが沈痛な面持《おもも》ちになります。

「魔王のせいで王が乱心したと思ったのでは……だとしたら私に責任があるかもしれないな」

そんな彼をクロムとコリンがフォローしました。

「いや、例のアバドンの一件は魔王のせいだと先方に伝えたはずだ」

「せや、その前からめっちゃ仲悪かったやん、アザミ軍と海運ギルドは。たしかもと軍人なんやろ海運ギルドのギルド長は。昔は王様と仲良かったたって聞いたで」

　クロムがうむと頷きます。

「先代近衛《このえ》兵長コバさんが新人だった頃の話だと聞く……相当な古株で仲も良かったらしいが、王はそのことについてあまり語ってはくれんのだ」

「へぇ、私の次くらいにおしゃべりな王様がね」

　相変わらずのんきなメナ、自分がしゃべりまくる自覚はあるんですね。

　その流れで彼女は海運ギルドについて訪ねます。

「でもさ、確かに海の流通を取り仕切るギルドは大事だと思うけど……そこまでお伺い立てなきゃならないギルドなの？」

　ロクジョウ出身でアザミに住んで日の浅い彼女の素朴な疑問。

　それに対してクロムは困ったような顔をします。

「あーそれはだな……」

　どことなくメルトファンを気にするクロム。彼は「気にするな」と首を横に振ります。

「この国が貿易で栄えた話は知っているな」

「うんうん、ロクジョウだけに留《とど》まらず様々な国や地方貴族との交流でアザミ王国は大きくなったんだよね！　え？　それで逆らえないとか？」

　クロムに続いてメルトファンが解説します。

「それだけじゃない、かつてアザミ王が……私のせいで魔王に取り憑かれ、戦争を望む王になってしまった頃……この国の経済は一気に落ち込んでしまった」

大きな理由もなく戦争を望む国……そんな国になってしまったら交流は控えめになってしまうのは当然ですよね。

自責の念に駆られ、表情の暗くなるメルトファンに変わりコリンが説明を続けます。

「貿易で栄えた国の危機を救ったのが海運ギルドのギルド長フマル・ケットシーフェン……通称「キャプテン・フマル」。その人が築いてきた信頼のおかげで傾く国の貿易を支えてくれたんや。魔王の件もあって正直アザミの王様より信頼している人間は多いで」

「へぇ、「アザミにその人アリ」と呼ばる人物なんだね」

メルトファンが「その通り」と唸《うな》ります。

「この国にとっての傑物である……だから、もし彼がジオウ帝国との戦争に協力はしないと明言でもしたら追従するギルドは少なくないだろう」

メナはそこまで言われて糸目を見開いて困った顔をします。

「オセロみたく状況をひっくり返されちゃうわけか……そりゃ是が非でも協力を取り付けたいわけだ」

状況が整理できたところでクロムがまとめます。

「そういうわけだ……とにかく舞踏会に海運ギルドをお招きできるよう手を尽くさねば。協力を得られなければ、開催の意味がないと言っても過言ではない。最悪、舞踏会は中止になるぞ」

「そうだねクロムさんのへたくそなダンスを見逃《みのが》したくないもんね」

間髪《かんはつ》容《い》れず茶化すメナ。しかしクロムではなくメルトファンとコリンが含み笑いをしながら反論してきました。

「メナよ、クロムは意外と踊れるぞ。キレッキレだ」

「せやで、キレッキレや」

「な、それは言わない約束だろう！」

メナは本当なの？　とコリンに視線を送ります。

「またまたナイスな冗談を……冗談だよね」

「大昔酔っ払った時なぁ、それはもうキレッキレのダンスを披露して、一時期「踊り子クロム」なんてネタにされたくらいや」

それ以来深酒とダンス披露は絶対しないと心に誓ったクロムさんは四角い顔を真っ赤《まっか》にさせながらプルプルしておりました。

閑話休題。

「まぁクロムさんの黒歴史は置いといて海運ギルドの件はほんまに何か手を打たんとな」

コリンの言葉を受け、メルトファンは真剣な表情で席を立ちます。

「その件に関しては私が何とかする、お前らは平時の職務に当たってくれ……私の方が小回りが利《き》くからな」

「無理はすんなやメルトファン」

「ふ、コンロンの農民を甘く見るなコリン」

えらい頼もしい返事にコリンは何とも言えない顔をするのでした。農民の部分がひっかかりまくっているんでしょうね。

そんなメルトファンにクロムが申し訳なさそうにします。

「頼んだ……他のギルドとの連携や設営は俺たちに任せろ」

「あぁ、心配はしていない、優秀だからな、お前たちも生徒たちも」

「持ち上げてくれるな」

「率直な感想だ、特に今の生徒たちは私が教官を務めていた数年で最も優秀な連中だ……ちと常識に欠けているがな」

常識の部分にこの場にいる全員が苦笑いするのでした。

そうです。たとえるならラストダンジョンに挑む直前のキャラのように濃い連中が、アザミ軍士官学校には勢ぞろいしているのですからね。

メルトファンが席を立ち、クロムも書類をまとめて士官候補生たちの待つ教室に向かおうとします。

「もう教室行くのかYO？　「踊り子クロム」さんYO！」

「……」

「あかんでクロムさん、そこは「そうだYO！」と返さんと」

ラッパーまがいのポーズで茶化すメナとコリンにクロムは何か言いたそうな顔をしますが、無言で職員室を後にしました。

廊下をとぼとぼ疲れた表情で歩きながら、クロムは独り言《ひとご》ちます。

「まったくあいつらは……いやそれよりも舞踏会だ……別の面倒ごとがあるというのに……」

大きくため息をつくとさらに毒づきました。今度はコリンたちにではなく王様に対してのようですね。

「舞踏会でマリア王女とロイド君を一緒に踊らせて急接近させろだなんて、王もなかなか難しいことを言ってくれる……」

どうやら王様は各種ギルド長や関係者の前で二人を踊らせ、マリア王女が元気、かつ二人は公認の仲であることをアピールし、あわよくば王女に城に帰って来てほしいという算段なのでしょう。

「二人の仲には介入しないとか言っていたくせに……だがしかし、ロイド君を餌にマリア王女を衆目集まるパーティにひっぱり出し、王女だと発表してしまえばイーストサイドでのんきに雑貨店を営む生活なんてできなくなるからな……王にしては考えた」

「どれだけ一緒に暮らしたいんだ」と王様ディスを挟みつつ、クロムは再度嘆息交じりで独り言ちました。

「マリア王女も今の生活が気に入っているのに、可哀《かわい》そうな……」

クロムの脳裏にはマリア王女――マリーが楽しく暮らしている様子が思い出されます。マリーが酔っ払って床で寝たり下着姿で台所で行水《ぎようずい》を始めたり、ロイドの美味《おい》しそうな料理をたらふく食べて飲んで吐いたり……まぁ一言でまとめるなら王女にあるまじき痴態を晒《さら》しているのです。

「……とっととお城に戻ってもらった方が、王女のためかもしれんな」

まぁ自堕落《じだらく》な生活というものは本人はなかなか気が付かないものですからね、そして気が付いても抜け出せない……半身浴から全身浴、やがて沼に至ることでしょう。

一度居心地のいい場所から抜け出すことが成長だと考えると、クロムから可哀そうという感情はどこかへ行き、悲壮の覚悟の表情へと切り替わりました。

そのためにロイドを巻き込んでしまうことに少し胸を痛めながら――

そんなマリー更生計画に巻き込まれているなんて欠片《かけら》も知らないロイドは、クラスのメンバーと一緒に教室でおしゃべりをしていました。

「今度食堂で豆にこだわったコーヒーを出そうかと思っているんですよ」

「いいですわねー。ロイド様が出してくれるモーニングコーヒー……素敵ですわぁ。そしてゆ

くゆくは私のためだけに毎朝コーヒーを出してくれると素敵なんですけれど」

うっとりとしている少女の名前はセレン。とまぁ、このようにちょっと行き過ぎた片思いをしていて呪いのベルトを装備している同級生です。

「だったらよぉ、いっそのことノースサイドの一等地にでも店出したらどうだ？　ロイドだったら絶対儲《もう》かるだろうし商人ギルドに払う登録料も家賃もペイできるだろうぜ」

金勘定には明るい元傭兵《ようへい》のリホが脳内のそろばんをパチパチッとはじき、出店を提案しました。場所代など把握しているなんて本当お金に関しては博識ですね。

「アハハ……一応夢は軍人なので、本格的にお店を構えるのはちょっと……」

ちょっと困るロイドにぬっと人影が近寄ります。

「……ん、それにお店なんか出したら師匠に負担がかかる」

純粋に心配するのはローテンションの武道家フィロです。

「たしかにそうですね、今の学生食堂はアランさんとか有志の方に手伝ってもらってなんとかできているので……だとしたらモーニングも難しいですね、朝はマリーさんの朝食も作らないとダメですし」

「……じゃあマリーさんを切り捨てる方向で」

「ロイドに依存しすぎだしな、アタシは賛成」

「そろそろ独り立ちした方がいいですわあの人は」

みんな口をそろえて辛口判断でした。まぁロイドを独り占めしている彼女に対する私怨がもりもりに盛られているでしょうから。

その意見をロイドは苦笑交じりでやんわり却下します。

「いや、でもマリーさんほっといたら掃除もしないし料理もしないし……下手したら三日で干からびちゃいますよ」

なかなかの言いっぷりですね。これをペットの話だと言っても大体の人は信じるでしょう。

「干からびたらそれまでの人間ということですわ」

「痛みなくして成長なしだぜ」

「……一般的なヒューマンステージに上がって来いと言いたい」

ぼろくそですね皆さん。そこに地方貴族出身の大男アランが現れます。

「相変わらず朝から建設的なことを話さねーな、ロイド殿以外の連中は」

呆れながら登場した彼をセレンがなじります。

「あらアランさん、ずいぶんごゆっくりの出勤ですわね」

「んだよ、チヤホヤされてるアランさんは我が物顔で重役出勤かよ」

アランは言葉の暴力にちょっと狼狽《うろた》えます、メンタルは弱い方なんですよ。

「いや、広報の人に捕まってな……今度アレやってくれこれに協力してくれってうるさかったんだよ」

「……また視察激励という名の旅行に連れていかれるの？」

フィロは顔色一つ変えずに手をクイクイしてお土産を要求しています。

「またってなんだよ、今回はそれじゃねーよ。もっとめんどくさい話さ」

「どんなことを頼まれたんですか？」

ドカッと座るアランは疲れた顔で事の詳細を話します。

「じつはですなロイド殿。各種ギルドにお伺いを立てろという話がありまして、やれ会食だのなんだの頼まれたんですよ」

アザミのニュースターとして広報部に祭り上げられているアランは、こんな感じで接待まがいのことを頼まれているそうです。ただ結構偉い人との会食なのでお肉を味わうことができないと嘆いているのでした。

普段ならそんな話を聞いたリホは「タダ飯自慢かよ」とやっかむのですが、シリアスな表情を見せました。

「ってことは……」

「さすが、察しがいいな元傭兵。近いみたいだぜ、戦争が」

戦争という単語にさすがのセレンも息をのみます。

「戦争ですの」

「……ジオウ帝国と……かな？」

アランは頷くと仕入れてきた情報を伝えます。

「前回呪いによる攻撃をしてきた首謀者は捕らえたからな、次に何かされた時に、すぐ動けるように本格的に足並みをそろえようって話だ。今すぐ攻め入る話じゃないみたいだ。ま、気を抜くなってことさ」

セレンが何故かウンウンと唸ります。

「そうですわ、そう遠くない日に戦争が起きる……気を抜いてはいけません。というわけでロイド様！　愛する男女が離れ離れにならないためにも戦争前にぜひ契《ちぎ》りを！」

戦争が起きようが結局いつもの思考に帰結するセレン、さすがすぎですね。

ウンウン唸った後ノーモーションでロイドに飛びつく彼女をリホとフィロが顔色一つ変えずスピーディに止めました。もう一連の流れに慣れているんでしょうね。

「何をするんですの！　愛する男女の情動を止めるなんて！」

「そろそろ現実見ようぜセレン嬢」

「…………ん」

さて、ちょっとした恋愛戦争が勃発しかけた中、クロムが額を押さえながら教室に入ってきます。

「ったく、優秀なのは間違いないが毎日これだぞ、実際受け持ってみろメルトファン……歴代で一番だぞ色んな意味で」

先ほどのメルトファンとの良いやり取りが台無しになる騒々しさに、クロムは嘆息するしかありませんでした。

「くぅ！　次こそは」

「次はねえ、座れセレン嬢」

クロムが入ってきてさすがに断念したのかセレンは口惜しげに席に着きました。

「……ナイスストップ、レフリー」

「誰がレフリーだ、教官だまったく。ほら他のみんなも席に着いて、私語は慎むんだ」

クロムは四角い肩を落とすと分かりやすくうなだれました。

少々お疲れ気味の彼に気が付いたロイドは何かあったのか尋ねます。

「あの、クロム教官。お疲れのようですが何かあったのですか？」

「ん、あぁありがとう。色々あってだな、ホント色々とな」

ロイドの優しさに癒《いや》されたクロムはホロリと涙します。

「んーまたコリン教官が暴走でもしたのか？」

「違いますわ、きっとメナさんにいじられまくったんですわ」

「……それはいつものこと……クロム教官はこの程度じゃあそこまで疲れない」

リホたちの何気ない一言に、なんかもう自分はそういう扱いという認識なんだなと実感したクロムはまたホロリと涙します。癒されたり傷ついたり忙しいハートです。

気を取り直してクロムは士官候補生たちに舞踏会の件について伝えました。

「――というわけで、各ギルドとの連携を強めるための催し物として食事や社交パーティを兼ねた舞踏会を開催することとなった。お前たちにはその準備や警備などを手伝ってもらうことになる、そのことを頭に入れておいてくれ」

クロムは戦争が始まるからという部分はあえて伏せて伝えましたが、ギルドとの連携強化と言われて察した候補生たちの間にピリッとした空気が流れます。

「要人のパーティだ、警護だけでなくボーイなどの役をする際は粗相のないように。軍をやめてギルドの要職に就いた方もいるので厳しい目が光っていると思え」

「…………つまり……天下りさんがいるから気をつけろと」

身もふたもないフィロの一言にクロムは思わず笑ってしまいます。

「フッ、まぁそんなものだ。お前らも偉くなったら天下りするかもしれんから天下り先の心証を損なうようなことはするなよ」

クロムは笑みを浮かべながら話を続けます。

「天下りを考えられるほどひとかどの軍人になってもらえたら教官としては嬉《うれ》しい限りだな。余談だが中には新しいギルドを作った人もいれば先代近衛兵長コバさんみたいにホテルのオーナーになった人だっているんだぞ」

「へぇ、ギルドの新設っすか。聞いたことないっすね」

普段の授業では頬杖《ほおづえ》ついているリホですがこの手の話には身を乗り出して聞いてきます。

「ずいぶん古い時代の話だし特殊なケースだからな……俺の知っている限りじゃ海運ギルドと冒険者ギルドあたりか」

「へぇ、冒険者ギルドがですか」

「荒くれどもをまとめ上げ、血で血を洗う無益な抗争をなくしたと聞いているな。ギルド長に感謝している人間も内外問わず多く、結束は固いと聞く……っと」

横道にそれ始めたと感じたクロムは一回咳払《せきばら》いして話を戻します。

「ゴホン！　だからこそ、一筋縄ではいかん連中も多いし軍以上に厳しいギルドもある……まぁ顔を売って損はないから頑張れよリホ・フラビン、もちろん悪い意味で顔は売るなよ」

リホはニヤリと笑い「その辺は下手を打ちません」と無言で返してみせました。

「とはいえアランさんみたく顔ばっかり売ってもいけませんので、ほどほどで頑張りましょう皆さん」

セレンのアランいじりにクラスメイトはクスクス笑いながら「はいっ」だの「知ってるー」とか返事をします。

「オイ！　好きで売ってるんじゃねぇ、売れたんだ……売れたというのも変だけどよぉ」

アランのツッコみは徐々に小さくなり周りの声に掻き消えてしまいました。分不相応の人気に自覚がある分強くは言えないみたいですね。

「舞踏会……パーティか、僕にできることはたくさんありそうだ」

自他ともに認める接客上手のロイドは警備兼ボーイの仕事に意欲を燃やします。

そしてホームルームが終わり、頑張ろうと意気込んでいるロイドにクロムが小さく手招きをしていました。

「あーロイド君、ちょっと」

「あ、ハイ」

もしかして舞踏会では厨房《ちゅうぼう》でお手伝いをしてくれとかかな？　と考えながらクロムに連れられて一緒に廊下を歩きます。

「急に呼んですまんなロイド君」

「いえ、どうかしました？　舞踏会の当日は厨房でお手伝いしてほしいとかですか？　僕は大丈夫ですよ」

「その申し出は嬉しいのだが……ちょっと違くてだね……」

クロムは他の人間、特にセレンやリホたちに聞こえないように周囲を警戒しながら用件を伝えます――例の王女様の一件です。

「あのだな、この前王様から言われた王女の件は聞いているかな、ロイド君に好意を持ってい

しょう。

もそれがアザミの王女様からなので……得体の知れないプレッシャーに襲われていることで

少し表情が曇るロイド。それも無理ないでしょう。見たこともない女性からの好意、しか

「あ、ハイ……」

るとのことだが」

クロムはその気持ちが分かるのか、申し訳なさそうに頬を掻きながら王女様と舞踏会で踊ってほしいと伝えました。

「——と王様から伝言を承ったんだ。どうも王はそのタイミングで王女がご健在であると皆にアピールしたい狙《ねら》いがあるみたいでな。できれば受けてもらいたい。いや、イコールお付き合いをしてほしいというわけではないのでそう気を重くしないでほしいのだが」

スッと頭を下げるクロム。上官に頭を下げられてロイドは困惑します。

「そ、そんな、頭を上げてくださいよ。だ、大丈夫ですから」

「すまんなロイド君」

無理を言ったことと、頭を下げたらこの子は呑《の》んでくれるだろうという、彼の優しさに付け込んでしまった二つの意味でクロムは再度陳謝しました。

ロイドはというと、頭を掻きながら唸ったのちクロムにある質問をしました。

「いいんですけど……その、王女様がどんな人なのかだけ教えていただいてもいいですか？

できれば舞踏会の前に会っておきたいというのもありますが」

その質問にクロムは口ごもってしまいました。自分からロイドの同居人のマリーが王女だと言ってもいいものか、こういうことは本人の口から直接言わせた方がいいだろう、あと、普段が普段だから信じてもらうのがかなり大変で面倒だしそのくらいの苦労は伝えなかった本人に負担してほしいなどなど……後半部分はただの本音ですね。

「それればかりは俺の口からは……申し訳ない」

「そ、そんなぁ」

「もし機会があれば情報通のマリーさんにそれとなく聞いてみるといいよ」

「マリーさんですか……でもこの前「王女様がどこにいるか知っていますか」って聞いたら「実は私が王女なの」って冗談ではぐらかされてしまいまして……」

あ、一応カミングアウトしているのか……とクロムは驚くと同時に本人が言っても信じてもらえない状況にどうしたものかと眉根《まゆね》を寄せてしまいます。

「やっぱ私生活を改めてもらわないと……すまんなロイド君、とにかくよろしく頼むよ」

再度頭を下げ、クロムはそそくさと廊下を歩いていってしまいました。

残されたロイドは困った顔で立ち尽くすしかありません。

「舞踏会でダンスだなんて……取り返しのつかなくなる前に王女様本人にお付き合いのお断りをしようと思ったんだけど……王族と僕なんて釣り合いが取れないよ」

うなだれるロイドですが何か思いついたのか決心した顔になりました。

「うん、こうなったら王女様の居場所を見つけて舞踏会の前に交際のお断りをするんだ」

深呼吸したロイドは「よし」と顔を叩いて意を決します。

「なるべく皆には内緒で……僕なんかに振られたって噂がたったら申し訳ないもんな、難し
いけど頑張ろう！　……でもどんな人なんだろう、王女様かぁ」

ふと脳裏に一緒に住んでいるマリーが「実は私が王女なの」とカミングアウトしている光景を思い浮かべ、苦笑します。

「少なくともマリーさんみたいな人じゃないだろうな」

残念ですがそのマリーさんなんですけどね。

とまぁ舞踏会がきっかけで始まったロイドの王女様探し。それが色々な恋愛模様に勘違いが入り乱れる状況に発展するとは、この時はさすがに思いもよらないのでした。

第一章
たとえば状況証拠と偏見だけで犯人を特定してしまうポンコツ探偵のようなロイド

アザミ王国外交館前。

中央区にあるこの豪華ホテルのような建物はアザミ軍の外交官が各国の要人と交渉などをする場所であり、その要人の宿舎でもあります。

最高級のおもてなしができるよう、豪華ディナーが楽しめる食堂をはじめ各国の多様性に合わせたレストルームや考えられる限りの設備やアメニティが備えられており、様々なニーズに対応可能となっているのです。

そのフロアのひとつがダンスホールになっており、そこで舞踏会が開催されるようです。もうすでに何人かの軍人たちが準備に取り掛かっているみたいですね。

落としたら重量的にも金額的にも命にもかかわるほどのきらびやかなシャンデリアの掃除。コスパ無視できらめきを重視した高級蓄光魔石の配置整備。ノット数がおかしなことになっている絨毯《じゅうたん》のシミ取り……といった具合の肉体的より精神的にハードな準備に、軍人たちは疲れた顔をしています。

ロイドたち士官候補生たちも準備のお手伝いをしておりました。フロア内外の通路の掃除に窓ふきといった比較的楽なところを担当しているようですね……まぁフィロ辺りにシャンデリアをやらせたらガラスの雨が降りそうなのでその辺はクロムの配慮なのでしょう。

掃除もこの日のノルマは終わり、クラスのリーダーであるロイドは渡された舞踏会当日の割り振りをみんなに伝えていました。

「えーっとリホさんは魔法が得意なので外の見回りですね、フィロさんは素手での戦闘が得意なのでフロアでドリンクの給仕などを担当しながらの警備、セレンさんも同様に――」

すっかりリーダーが板についているロイド。先日の呪《のろ》い騒動の件や栄軍祭での一件で自信が付いたのでしょう、言葉が実にハキハキしています。

「あっふ～ん」

その仕事ぶりをセレンが恍惚《こうこつ》の表情で見守っています、見守っているというか脳裏に焼き付けているというか……そして脳内では勝手に「私の彼氏はできる人」と悦に入《い》っているのでしょう。関係性は未《いま》だクラスメイトのままなんですけどね。

「……セレン……よだれ」

「ほあっ！　私としたことが」

レモンと梅干を口いっぱいにほおばったかのようなセレンの口元を、フィロはジト目で注意しました。

いつもはフィロが注意される側なのでリホは抜け目なくいじります。

「おやおや〜セレン嬢、フィロに注意されるようじゃ、ちょっとダメじゃないですかねぇ」

「……………誠に遺憾《いかん》である」

ほんのり眉根《まゆね》を寄せる彼女にリホは「悪い悪い」と肩を叩《たた》きます。

「ヘッヘッヘ、珍しいもんだったからつい、な。とはいえセレン嬢が見とれちまうのも無理はないかな、ロイドの仕切りっぷりも最初の頃《ころ》を考えたら想像つかないからよ」

「もともと素敵な方でしたがさらにもう一段階素敵になりましたわ、でも……」

うんうん唸《うな》るセレンですが何か心配があるのかちょっと不安そうに吐露します。

「でも最近、何か思い出したかのように妙に困った顔をされるんですの」

「……セレンのことじゃないの」

「だよなぁ」

二人は即答します、その間実に一秒弱。

四六時中、監視レベルでロイドのことを見つめている彼女に困っているというニュアンスに対し、セレンはポコポコ怒りました。

「私のことでは断じてないですわ！　お父様もロイド様をお認めになっておりますし結婚への障害は全くありませんもの！」

結婚前提のストーカー行為にさすがの二人も言葉を失っています。そんな機微など意に介さずセレンはロイドが困っている予想を述べはじめます。

「あの表情、変な女に好意を寄せられて困っている時の顔ですわ！」

「答え出てんじゃねーか」

「……自分のこととは思えない……思いたくない……脳みそが認めたくないなんて不憫《ふびん》な子」

さすが国が認めるストーカーセレンさんですね、ロイドの表情からそこまで読み取れるなんて、そして微塵《みじん》も自分のこととは思わないところもさすがです。

「どうやって断ろう、僕にはセレンさんがいるのにって顔ですわあれは！」

「一生やってろ……あん？」

セレンが勝手に盛り上がっているその時でした、会場がざわついています。

「……王様と……外交官のトップさん」

そこに王様と外交官の長官が様子を見に来たようです。軍人一同は作業の手を止めて背筋を伸ばし二人に敬礼しました。

「頑張っているようじゃな、よろしく頼むよ」

「王様が来たからって急に手を止めちゃ危ないよ、ギルドの要人も大事だけどその前にケガしちゃだめだからね、細心の注意を払ってちょうだい……おっと」

王様と外交長官の二人はロイドたちに気が付いたのかにこやかに近づいてきました。栄軍祭の時からもう完全にお気に入りのようですね。

「おぉロイド君元気かね」

「あ、ハイ」

かしこまるロイドの肩を外交長官は揉《も》んでねぎらいます。

「ロイド君、士官候補生たちの警備の割り振りよろしく頼むよ。大事な部分はベテランで構成するけど候補生もしっかり育っていますよってギルドの方々にアピールする狙《ねら》いもあるからねぇ、勉強にもなるからさ」

「はい、頑張りますっ！」

(あれがロイド君か)

(すげー王様と外交長官の二人と普通にしゃべっているぞ)

(あんな可愛《かわい》い子なのにかなりのやり手って本当かしら)

王様と外交長官にねぎらわれるロイドは周囲から羨望《せんぼう》の眼差《まなざ》しを浴びています。もっとも当の本人はそんな眼差しなど分からないくらい緊張しているんですけれどね。

そしてロイドから離れて周囲の軍人一人一人に声をかけている中、リホが緊張の面持《おもも》ちで王様にそれとなく尋ねました。

「ところで王様、ギルドの要人を交えたパーティを開くなんざマジで戦争が近いんですか？」

「おぉリホ君……そうなった時に慌《あわ》てないためじゃ、こちらからけしかけるつもりはない。起きなかったら起きなかったで親睦会を開くことは有意義じゃしな」

その言葉を聞いてリホは安心したのか笑みを浮かべます。

「やはり戦争は好まんのか」

「えぇ、アタシは戦争孤児なんでね。起きないに越したことはないって考えです」

王様はリホと小声で会話したのち周囲の軍人をねぎらい、外交長官とその場を後にしました。

去り行く二人を見送ったのち、ロイドは改めて警備配置の確認を続けます。

「皆さん警備の交代時間や休憩所の確認は各自お願いします……あれ？　どうしましたセレンさん？」

「そういえばアランさんが見当たりませんわ、いつもだったら偉そうにしていますのに」

「そういや見かけねーな、サボってんのか？」

キョロキョロ見回す二人にフィロが見るように促します。

「……アレ」

フィロの指さす方、そこには――

「シャンデリア、ヨシ！　くぅ～さすがは最新の蓄光魔石だ、輝きが違うっ！　透明感も違うっ！　おまけに肌触りも違うっ！」

安全帽子のようなものをかぶり、脚立の上で何やら蓄光魔石に頬《ほお》ずりしているアランがいました。はた目から見ても見なくてもキモイことこの上ないですね。

「あ、アランさん……」

　さすがのロイドもフォローの言葉が見当たらないようです。

「あぁ、そういやアイツ、ロクジョウでの映画撮影の一件で照明に目覚めたんだっけ」

「素敵なご趣味ができて何よりですわ」

「……だったらなんで目をそらすの」

　吐き捨てるリホと露骨に視線を逸《そ》らすセレン。特にセレンは同じ地方貴族出身なので同類と思われたくないのでしょう、個人的にはどっこいどっこいだと思いますが。

　脚立から華麗に降り立ったアランは照明仲間に檄《げき》を飛ばします。リーダー格なんでしょうか。

「ギルド関係各位の皆様が輝けるよう、影を抑えた三点照明にムーディな調光！　皆様今日も一日ご安全にっ！」

　現場の人間のような檄を飛ばしたアランはビシッと敬礼したあと、ロイドたちに気が付いたのか近づいてきました。

「やぁロイド殿、それにお前たちも」

「じゃ、それぞれの持ち場を確認しに行くか」

「……ん」

「賛成ですわ」

　仲間と思われたくないのか、三人娘はそそくさとその場を後にするのでした。

取り残されたロイドは何ともいたたまれない表情です。

「ふむ、みんな仕事熱心になったな、いいことだ」

「アハハ……」

蓄光魔石を頬ずりしながら感心するアラン。ロイドはもう乾いた笑いしか出ません。

「おぉそうだロイド殿、みんながいなくなってちょうどよかったです。実は」

「え、僕は結構です、間に合っていますから」

照明係として勧誘されるのかと警戒したロイドは言葉少なに身構えました。

その挙動に小首を傾《かし》げながらアランは用件を伝えます。

「どうかされましたか？　この前、王女様がどんな人物なのか確認してほしいと言われた件なのですが」

「っと、そっちでしたか」

そうです、王女様が好意を寄せている一件ですが、先日アランと二人きりになった時さりげなく王様から聞き出してほしいと王様と仲のいい彼に頼んでいたのです。アランのご安全にというキャラですっかり忘れていたようですね。

「そっち以外ないかと思うのですが……お疲れですかロイド殿？」

照明器具をガッシャガッシャしながら心配するアランは好意的に解釈します。

「さて――」

周囲を見回してセレンたちがいないのを確認してから、ロイドにそっと耳打ちします。

「王様から聞いてきました、王女様は実に可憐な方だそうです」

「可憐……ですか」

まぁただのひいき目ですね、男親にとって娘は全員可憐ですから。

「そして少々口が悪いそうですが根は優しいとのことです」

「口が悪い、根が優しい……」

これは思春期特有の娘に冷たくされる現象を好意的に解釈しているだけですね。

「そして最後に、魔力が高く魔法に長《た》けているとのことです」

「魔法ですか……」

ルーン文字を扱えるので確かに魔法に長けているかと思いますが……

とまぁ全部親のひいき目交じりの褒め言葉、具体的情報の皆無さ加減にロイドは困った顔をしてしまいます。

「すいません、出てくること出てくること親バカ発言ばっかで……どこにいるんですかと聞けたらよかったんですが娘語りが止まらなくて……」

「い、いえ、十分です、ありがとうございますアランさん」

「なーに、ロイド殿のためです！　また機会があったら王様に今度こそ居場所を聞いてきますので！　……おや？　そこ！　左側の光量薄いぞ！　何やってんの！」

「アハハ……」

会話の途中でもベテラン艦長のような指揮で照明作業を指示するアラン。

気を取り直すとロイドは頭の中を整理します。

「可憐、口は悪いけど根は優しい、そして魔法が得意……か」

ほぼ内面、あまりにもざっくりした情報にロイドは腕を組んで唸りました。

居場所さえ分かれば会いにいってお断りできるのに……そう考えているロイドは何とかしてアランの情報からヒントを得ようと頑張ります。いますよね、頑張った人に報いるため無理にでもその協力を役立てようとする優しい人。

「行方《ゆくえ》不明だったけど僕が入学する頃には捜索は打ち切られていた。あのタイミングで見つかったと考えるべきですかね」

「あぁ確かに王女の捜索はいつの間にか終わってましたな。バタバタしていて皆気にも留めていませんでしたが。そしてクロム教官が現場復帰して鬼教官と恐れられ……何やら遠い日のようですなぁ」

当時を思い返す二人の会話。そこに高圧的な声がかけられます。

「やれやれ、最近様になって来たかと思ったら気を抜くとすぐお喋《しゃべ》りとは情けないわねロイド・ベラドンナ」

威圧的な態度、そしてそれに比例したような大きなおっぱい……二年生筆頭のミコナ・ゾルです。マリー大好きキマシタワ系女子で、マリーの雑貨屋に住み込んでいるロイドをこの世の誰よりも憎んでいて日々「そこ変われ」と呪詛《じゅそ》を唱えている頼れる先輩です。

最近はほんの少し丸くなり、自信をつけてきたロイドを認めるそぶりを見せ、呪詛も毎日から二日に一回のペースに落ちたそうです……彼女も成長しているんですね、微々たる成長ですけど。

そんな彼女にアランが照明器具でたとえながら反論します。

「ミコナ先輩、ロイド殿はしっかりお仕事をしていますよ！　そう、この蓄光魔石のように堅実かつ優しい光を放ち！　そして俺《おれ》もアザミの輝く未来のため彩《いろど》りを演出しようと角度を計算し影を抑えた天井《てんじょう》の――」

「あぁハイハイ。あなたの照明愛は壁にでも語っていなさい」

「何をおっしゃいますか！　壁には俺の声よりも光を当て、それを反射させることによって明るさを調節するべきです！　ロイド殿の晴れ舞台のために！　なんてったって王女――」

「ちょっとアランさん」

思わず口を滑らせそうになるアランをロイドは慌てて制します。

「ぬおっと、何でもないですよっ！」

わざとらしく口をふさぐアラン、その仕草《しぐさ》をミコナさんが見逃《みのが》すはずもありませんでした。

「何？　どういうこと？　王とかなんとか聞こえたけれどもまさかまた依怙贔屓《えこひいき》されるのかし

らロイド・ベラドンナ。「やっべーこれ内緒だった」って聞いてほしそうなムーブをかまして私との差をアピールするつもりかしら」

被害妄想ここに極まれりですね。

「い、いえ違いますよ……そんなんじゃ……」

「ならハッキリ言いなさい。大したことじゃないなら隠す必要もないわよね」

自供させる方に誘導するミコナ。こう言われたらロイドも話すしかありません、彼女の方が一枚上手《うわて》のようでしたね。

誘導尋問に困惑するロイドにアランが謝罪します。

「ロイド殿申し訳ございません。かくなる上は俺が切腹ショーを……」

「そ、そこまでしなくてもっ！　で、でもミコナさんなら問題ないと思いますし」

お腹《なか》を出すアランをフォローすると観念した表情を滲《にじ》ませ、ミコナに事情を説明します。

「他言無用でお願いしますが――」

王女がロイドのことを好きで舞踏会でぜひ一緒に踊りたい。そのことを聞いていたミコナは最初こそ不機嫌そうな顔でしたが「王女がロイドを好き」という部分に何か閃《ひらめ》いたのか途中から目を輝かせ、食い入るように聞き始めていました。

そう「王女様がロイドを好き」つまり場合によっては王女様とお付き合い、そして結婚……ミコナは心の中で絶叫しました。「マリーさんと引き離すチャンスじゃないのよぉぉ！」と。

とまぁミコナは頭の中のそろばんを軽妙にパチパチパッチーンと弾《はじ》き、その結論に至ると心の中でガッツポーズを決めたのでした。

心の喜びが溢れだし、妙に機嫌がよくなり小さく拳《こぶし》を握る彼女の挙動にロイドとアランは顔を見合わせて小首を傾げます。

「フフフ、王家の力があればロイド・ベラドンナと王女様は付き合わざるを得ない、雑貨屋からいなくなる……あのポジションは私のもの……」

とうとう表情どころか想《おも》いが口から溢れ出すミコナさん。聞き取れない程度の小声でブツブツ言いだす彼女にロイドとアランは若干《じゃっかん》引いています。

空いたMC枠を狙うタレントが如《ごと》く雑貨屋住み込みポジションを狙っているミコナにとっては朗報も朗報、超朗報なのでしょう。ミコナは「待っていてくださいマリーさん」と天を仰《あお》いで誓いました……マリー死んだんですか？

ただまぁ、みなさんご存じの通りその王女こそが愛《いと》しのマリーなんですけどね。そんなオチなどつゆ知らず、ミコナはロイドの手を取ると、うんうんうんうんと唸ります。

「いい話じゃないロイド・ベラドンナ。二年筆頭ミコナ・ゾルとして応援するわ。手伝えることがあったらなんでも言いなさい」

好意的なミコナに対しロイドは申し訳なさそうな顔をしました。

「応援ですか……でも僕、釣り合わないと思ってまして、その……」

「何を言っているの、釣り合う釣り合わないは世間が決めること、愛し合う当人には無関係！　むしろその方が燃えるじゃない！　軍人として受け止めるべきよロイド・ベラドンナ」

軍人としてはともかくミコナはロイドと王女をくっつけようと必死です。

「待ってくれミコナ先輩、今その王女様がどんな人か調べているところでな」

乗り気のミコナに落ち着くように諭《さと》すアラン。ミコナもその言葉に驚きます。

「あら、見た目も分からないの。それはたしかに二の足を踏んでしまうわね……」

納得したミコナはふむと頷《うなず》き……

「そうよね、どんな人でも当日に会うと緊張して踊れないこともあるわ、踊れなかったら嫌われちゃう、それは避けたい、つまり容姿が分かったら結婚するのね」

とんでもない結論を導き出します。短絡的にもほどがあるでしょう。

「先輩っ、セレンみたいなことを言わないでください！」

アランのツッコミなど聞く耳持たず、ロイドの肩を力強く叩くとミコナはサムズアップして見せました。

「安心しなさいロイド・ベラドンナ！　どんな人か、どこにいるのか、私も調べてあげるから！　善は急げね！」

ミコナは自信たっぷりに言うと風のように去っていったのでした。自分の仕事もほっぽって……さっきサボるどうこうと文句を言っていた人間の挙動ではないですね。

「あ、ちょ……」

新たな協力者を……トラブルメーカーといった方がいいかもしれませんが……得てしまったロイドはアランと別れて仕事を終えた後、どうしたものかと思案します。

「モンスター騒動があってそのタイミングで王女様の捜索が打ち切られた、そして王様の口ぶりからするとちょくちょく会えているみたいだしアザミ王国の近辺にいるのかも……王様の信頼できる人が近くにいて安心できるのかな？　そして魔法が得意……口は悪いけど根は優しい……うーん……」

そしてロイドはある結論を導き出してしまいました。

「もしかして王女様って…………リホさん？」

リホ・フラビン――ロクジョウの戦争孤児で出自は不明、魔法の素質はずば抜けており、学生魔術大会で優勝するほどの実力の持ち主。

そして、口は悪いけど根は優しい……まぁ要所要所でニアミスしてはいます。容疑者候補に挙がってしまっても無理はありませんが……

「そうだ、リホさんは孤児で親がいないとか言っていた……それが実は王族だったことがアザミ王国士官学校に入学してから分かって、だから僕が入学する頃には捜索は打ち切られた……」

一個でも引っ掛かる部分があると、何かと理由をつけてはあれよあれよとつながっていってしまうものです、人間の脳って不思議ですね。あとアランの努力に報いたいという気持ちもあるのでしょう、様々な要素が重なってこんな結論が出てしまったようです。

「でもリホさんが王女様だとしたら……リホさんが好き⁉　僕のことを⁉」

ロイドは顔を真っ赤《まっか》にして困惑します、これは何でしょう、脈ありなのでしょうか？　大変なことになりそうな予感がしますね、少なくとも血を見ることにはなりそうです、主にセレンの蛮行で。

そして、魔法が得意など散々ニアミスしているのに候補にすら入らないマリー……一緒に住んでいると良いところも悪いところも見えちゃって王女とは全然思えない、ということにしておきましょう。

とまぁ波乱の種が力士の塩が如く蒔《ま》かれた今、静かに芽吹いていくのでした。


昨日に引き続き士官学校は午前中で終わり、各生徒は舞踏会に向けた諸々の準備に駆り出されました。会場の設営の続きに周囲の清掃、招待する各ギルドに招待状を出す、等々です。

そしてロイドたちは中央区を出てノースサイドの方に向かって歩いていました。

「なんでアタシらがギルドに行かなきゃなんねーんだアランさんよぉ」

と、リホがぶーたれています。

「仕方ないだろう、クロム教官が言っていたんだ。先方からの要望でロイド殿や俺、そしてそのお仲間と直々《じきじき》にご指名されたようでな」

　どうやらギルドから直接ご指名を受けたようでロイドたち一行は招待状を持ってギルドへと向かっているようです……一体どんなギルドなのでしょうか。

「まぁロイド様のお仲間ですし、どこへでも向かいますわ……といっても私は未来の伴侶ポジですが」

「……仲間じゃないなら帰っていいってさ」

「おま、フィロ、その言い方はないだろうが」

なんだかんだで寂《さび》しがり屋のリホさんは仲間はずれがお嫌いのようです。そこをフィロにツッコまれて挙動不審になってしまいました。

　その様子をボーっと見ながらロイドはアゴに手を当てて何やら考えています。

「口は悪いけど根は優しい、やっぱりそうだ」

　どんどん深みにはまっていっているようで何よりです。

「ていうかアタシらに来いってどこのギルドだよ」

「……もしかして、かなり面倒なところ？」

　アランは舞踏会の招待状の宛先を指さします。

「まぁ、そうだな……冒険者ギルドだ」

「っマジかよ、冒険者ギルドかよ……厄介《やっかい》だな」

「そんなに気を遣うところなんですか？　冒険者ギルドって」

ロイドの質問にアランが神妙な顔で頷きました。

「ええ、この任務を託したクロム教官が四角い体を委縮させるくらいです……」

「クロム教官が？　そんな人たちが僕らを指名するなんて」

不穏な空気を感じるロイド、しかしセレンはいつも通りポジティブでした。

「きっと私とロイド様、士官学校の名コンビを一目見たいのでしょう、もしサインが欲しいなら快く書いてあげましょうロイド様、この婚姻届けに」

ポジティブ……というか詐欺行為はリホとフィロに咎《とが》められます。現行犯ですし。

そんなやり取りをしながら一同はノースサイドの大通りを歩いているのでした。ここノースサイドには観光施設やお土産店など高級商業施設がひしめく他《ほか》、各種大型ギルドの窓口が存在しているのです。

この手の話に一番詳しいリホが先頭を歩きながらギルドの説明を始めました。この中でギルドの仕事をこなしたことがあるのはリホ、フィロくらいでしょうか。セレンとアランは地方貴族出身、フィロも交渉事は姉のメナ任せ、ロイドは言うまでもありませんね。

「冒険者ギルドはロクジョウから逃げ出したころからお世話になっていたんだ。傭兵《ようへい》や軍人崩れみたいな輩《やから》も腕次第では仕事をくれるところで各国に支部があるが総本山はアザミにあるんだぜ。仕事は護衛に討伐、他にも色々。他のギルドよりも大きくて「ギルドといえば冒険者ギルド」と連想するくらい大きい」

「………そうだったんだ」

「セレン嬢やロイドならともかくお前は知っとけよ……んで次にでかいのは商人ギルドかな。あそこに見える建物がそうだぜ」

リホの指さす方には大きな商社のような建物がそびえています。

「あそこがか。てっきり大きな会社だと思っていたぜ」

「アザミで店を出す場合は軍とあそこの許可が必要になる。屋台ひしめくサウスサイドの衛生管理もしていて登録料を払えば色々保証してくれるぜ。んで登録料を払えなかったりいかがわしい店はイーストサイドに流れるって寸法さ」

「そうですの、では私とロイド様がおしどり夫婦として一緒にお店を出すときは参考にしますわ」

妄想全開のセレンにフィロがツッコみます。

「……夢は軍人でしょ」

さて、勝手にお店を出す流れになっているロイドはというと、セレンにツッコむことなくリホを見やっていました。

（リホさんが王女様かもしれない……か）

口は悪いが根は優しい、魔法が得意で出自も不明である……アザミに来て王様が気が付いたとすればタイミング的にも納得がいく。

様々な要因が重なってロイドはガッツリ勘違いをしていますね、憶測だったのが一日経《た》って寝て起きた頃には確信に変わっていることはよくありますし、もう「そうとしか思えない」状態なんでしょう。

（傭兵として苦労してきたし……急に身分は明かせないんだろうな……）

さらには勝手に同情するロイド。そんな苦労したリホが自分を好きだという……まぁ彼女がロイドを好きなのはロイド本人以外は周知の事実（※注、リホ自身は否定）ではあるんですが、王女ではないだけです。

そんなロイドの視線にセレンのセンサーが反応します。

「ロイド様、リホさんばっかり見つめてどうしたんですか？」

若干ほの暗いトーンで話しかけるセレン。後ろめたいことのあるロイドは声が上ずってしまいます。

「あ、いや、別に……」

そんな彼の機微をフィロは見逃しませんでした。一流の武道家としての洞察力の無駄遣いですね。

「…………どうしたの師匠」

優しく、かつ威圧的な声音。ロイドの頬に一筋の汗が流れます。

リホが自分のことを好きで王様がくっつけたがっている——いくら信頼できる二人とはいえ王女本人かもしれない人の前で言うことではないのでロイドは判断しました。賢明だと思います、言ったら血の雨が降っていたことでしょうから。

「えっと……あ、そだ」

悟られまいと必死のロイドは頑張って言い訳をひねり出しました。

「いやぁ、リホさんは博識だなぁって僕感心していたんですよ」

急に褒められてリホは困惑してしまいます。

「おいおい、そんなおだててもなんにも出ねーぞ」

頬を掻《か》き悪態をついて照れ隠しをするリホ。ロイドはこの場を誤魔化《ごまか》そうと必死で褒めちぎります。

「いえいえ、尊敬します！　知識があるって素敵だなぁっ！」

「あ、あんがと」

さて、この妙な雰囲気をよしとしないセレンは無理にでも褒めてもらおうと食いついてきました。

「そうだ、私知っていますわ！　銀行などの入り口に観葉植物が置いてあるのは強盗犯の身長の目安にするためだそうですのよ！」

いきなり何の脈絡もなくひけらかされたムダ知識ですが、ロイドは流れ上褒めるしかありません。

「そ、そうなんだ………セレンさんも博識ですねっ」

褒められて「んっふっふ～ん」得意げなセレン。対抗意識が芽生えたのか真顔のフィロの目が静かに燃えています。

「………師匠」

「は、はい？」

「……鳥さんは……空を飛ぶ」

「あ、はい」

おそらく生まれて初めて知識をひけらかそうとしたフィロ。一周回って哲学的な問いかけをし始め、ロイドは困惑します。

ロイドに助け船を出すかのようにアランが苦言を呈します。

「まったくロイド殿に好かれたいからといって知識をひけらかすなど情けないぞお前ら」

「あ、アタシはちげーよバカ」

三人娘を指さすアランにリホは真っ先に否定しました。

「知識の欠片《かけら》もないお方に言われたくありませんわ」

「……ひけらかす知識がないからひがんでいるだけ？」

「鳥が空を飛ぶとか言っている奴《やつ》に言われたくねーよ！　ほら、着いたんじゃないか」

ロイドたちがワイワイしている間にどうやら目的の冒険者ギルドの本部に着いたみたいですね。

「ここが冒険者ギルドの本部ですか」

ノースサイドの大通りから一歩入ったこの道は通称「裏ノース」。アンダーグラウンドな雰囲気が醸《かも》し出され、イーストサイドを彷彿《ほうふつ》とさせるような場所でした。

行きかう人も普通の観光客に加えてどこか堅気《かたぎ》でないようなお方も多く、異様な空気感を演出しています。

並んでいるお店もどこか観光客向けではなくガチ目の武器屋や防具屋が多く、お土産として買っていくには物騒すぎる代物がてんこ盛りでした。

「なかなか物々しい雰囲気ですね、あっちの大通りは賑《にぎ》やかなのに」

外国人ひしめく超人気観光スポットの裏側は、昔ながらの地元の雰囲気が残っているというのはよくあることですね。

ふだんノースサイドの裏側まで足を運ぶことのなかったロイドは「こんな場所あるんだ」と物珍しそうに見ています。

リホは「よくあることさ」と笑っていました。

「ま、どの国も人気スポットの裏側にはアンダーな店が並んでいるもんだぜ、それすらファンタスティックなんていう観光客も多いからな……おっと地方貴族様のセレン嬢にはちと刺激が強かったかな」

「あら？　高性能双眼鏡がまた安くなっていますわね」

「あぁセレンさん、いらっしゃい。新商品が入ったんで型落ちですよ。見ます？　最新ですよ」

「ふむ、新商品もいい品ですがもう少し暗闇《くらやみ》に適応してくれれば購入を検討しましたわ。それとサイズを小型化するために視認性を悪くするのは本末転倒だと思いますが」

「時代の流れなんですよ、監視や張り込みの任務では見やすさよりも携帯性や隠匿性が重要視されていまして」

「そこは所持者の腕の見せどころですが……まぁブームはいずれ回帰するといいますし、よく見える双眼鏡の時代が来ることを祈りますわ店長」

「へい、火炎瓶《びん》でも何でもいつでも注文してください、今後ともごひいきに」

「……刺激たっぷりのプロの会話をしている」

「失念していたぜ、ありゃ地方貴族の前にセレンだったわ」

セレンの裏側……ある意味表が垣間《かいま》見えてしまい呆《あき》れる一同。そしてアランは気を取り直したかのように冒険者ギルドの建物を見やります。

「しかし俺やロイド殿を名指しとは、どういう了見だ？」

「アランさんは冒険者ギルドの方に会ったことはありますか」

「ええ、お城に関係者がいらっしゃった際、たまたま居合わせたので挨拶《あいさつ》したくらいです」

「アタシは依頼や換金目的で一階の受付にしか入ったことがないからな、ギルド長は見たことないぜ。どんな人なんだ？」

「いや、俺も見たことはない。ギルド長はここ数年以上姿を現さず、ずっとギルド長代行のカツ・コンドウ氏が取り仕切っていると聞いたな」

「……とにかく入ろう……このままじゃセレンが買い物を始めてしまう」

別の店でストーカーグッズを手にして「いい仕事をしていますね」と言い出したセレンを冷たい眼差しで見やるフィロは、建物に入ることを促したのでした。

受付には強面《こわもて》の門番のような男が足を組んで座っており、アザミ軍から来たと伝えると「こっちだ」と言葉少なに案内します。

長い階段を上り続けてたどり着いたのは最上階。色褪《いろあ》せた扉を開いたその先には広い道場のような空間が広がっていました。

板張りの床は良く言えば趣がある、悪く言えば古くてワックスがけも数年放置しているような代物で、何度か突き破ったのでしょう、明らかに色も材質も違う板で雑に補修されている個所がいくつも。

壁に掛けられているのは装飾品や観葉植物の数々――ではなくて、木剣やら木の盾《たて》、使い古された防具といった代物で、この場所が元々厳しい稽古をする部屋だったことが窺《うかが》えます。

そして眼前に整列するのは調度品のように並ぶ強面の冒険者たち。ギルト長代行らしき男はそんな彼らを両脇に従えていました。

そこだけソファーや机がしっかり並べられて事務所のような様相を醸し出しており、ギルド長代行も冒険者らしからぬスーツを着こなした事務員のような男でした。歳《とし》は四、五十代といったところでしょうか。

しかし、事務員と言ってはいけないような圧を持っています。周囲の強面の存在も相まってインテリヤクザといった方がしっくりくるような感じです。ゴリゴリの戦士でなくてセレンやフィロはちょっと驚きました。

「わざわざご足労いただきまして申し訳ございません、どうぞおかけください」

優しさと圧力を兼ね備えた声音、ロイドたちは整列する男たちの値踏みするような視線にびくびくしながらソファーに腰を掛けました。緊張してロイドなんか浅く腰を掛けていますね、まるで面接です。

強面の男にお茶を差し出され、おずおずとするロイドたちを見てギルド長代行は口を開きます。

「カツ・コンドウです。ギルド長は現在留守にしておりまして、私が代行の任を務めさせてもらっています」

カツと名乗った人物はそのままリホやアランの疑問に答えました。

「何故私のような優男が荒くれ者の集まる冒険者ギルドのトップなのか気になりますか？」

「……ん」

フィロはお茶をすすりながら頷きます。

「本来冒険者ギルドは一番強い人間がまとめるべきなのですが……その一番強いお方が実に奔放な方でして、この席を私に押し付けてどこかへ行ってしまわれたんですよ」

やれやれと苦笑するカツ代行。雰囲気は苦労している経営者のソレでしたが、その表情からはギルド長への信愛が滲み出ています。

「どこかへ……ですか？」

「ええ、かれこれ十数年ほど」

「十数年……」

予想だにしない年月に質問したロイドは言葉を失ってしまいました。

その反応に慣れているのでしょう、カツ代行は淡々と言葉を続けます。

「まぁ驚かれるのも無理はありません、ただそのくらい旅に出ていてもおかしくないくらい破天荒な方だと思っていただければ」

そしてギシッと椅子《いす》を軋《きし》ませて座り直すと、実に真剣なまなざしを向けてきました。

「先ほどもお話ししましたが当ギルドは荒くれ者の集う場所、実力主義が服を着て武器を携帯して歩いているようなものです。ギルド長のいない現在、その座を奪おうとする輩も少なくはない。その都度ギルド長の強さを知っている古株たちで追い返しちゃいるんですがね」

両脇に整列している冒険者たちが一様に頷きます。

「これだけの猛者《もさ》を従えるなんざとんでもない方だったんですねぇ、そのギルド長さんってのは」

リホの言葉にカツ代行は再度苦笑します。

「ええ、色んな意味でとんでもなかったですよ。冒険者ギルドがない時代、大小様々なクランやらチームやらギャングもどきが好き勝手やっていたのをまとめ上げてみせたんですから」

「こないだ耳にしました。荒くれ者をまとめ上げて冒険者ギルドを作ったお話は……んでギルド長が今でも慕われているってお話もね」

慕うと言われ、カツ代行はどこか誇らしげに、そして恥ずかしそうに笑います。

「あの方がいなかったらここにいる古株メンバーは野垂れ死んでいたかもしれません……ですので慕うというより忠誠を誓ったと言う方が近いかもしれませんね」

そう口にしながらカツ代行の顔からスッと笑顔が消えていきます。どうやら本題に入るようで、自然にロイドたちの背筋も伸びました。

「というわけで、この場所を再び無法地帯に戻すわけにはいかない。そう、このギルドを守るのが私たちの使命と言っても過言ではありません。そこまではご理解いただけましたか？」

「……熱い想い……伝わった」

カツ代行はそこまで話した後「もうお分かりですね」と鋭い目でこちらを見やってきます。

「下剋上《げこくじょう》を起こさせないためには上の人間が示しの付かないことはできない。強さへの信頼……いわゆるメンツってのが重要視されていましてね」

「メンツが大事なのは分かりますが、それとこの歓迎ムードがつながらないんですがね」

「俺たちを指名した理由もピンときませんが」

ピリピリしている強面たちを見てリホとアランが質問しました。カツ代行は淡々と答えます。

「ジオウと戦争、その可能性が現実味を帯びてきた今、アザミ軍と連携をしっかりとる……まぁ言い換えるとアザミ軍と大々的に手を組むことになりますね」

「協力体制になにかご不明な点がありますか？　でしたら上官に確認して――」

ロイドの問いにカツ代行はスッと彼を指さしました。

「不満は君ですよ、ロイド・ベラドンナ君」

「ぼ、僕がですか？」

カツ代行は頷き、手を組んだまま淡々と答えます。

「ええ、私たちが危惧《きぐ》しているのはアザミ軍の露骨な広報活動……分かりやすいヒーローのごり押しですね。アザミ軍のそこに触れず手を組むとなると、我々はそのプロパガンダ活動に騙《だま》されている、もしくは一枚かんでいると思われてしまいます」

カツ代行はイスに深く座ると嘆息《たんそく》交じりで続けます。

「先ほども申し上げた通り我々冒険者ギルド……傭兵ってのは信頼やメンツが非常に重要、誇大広告を張る人間にお金も命も預けにくいと皆思うでしょう」

リホがアランを肘《ひじ》でつつきました。

「おーいアラン、言われてんぞアザミ軍のスーパーホープ「ドラゴンスレイヤー」さんよぉ」

「お、俺のことか⁉　まぁそりゃ少し、というかかなり盛られているけどさ」

カツ代行はアランをいじるリホに向かって話しだします。

「まぁアラン君ぐらいだったらギリギリ許容範囲だったんですよ、彼がジオウ帝国との御前試合で見せた不屈の精神、格上相手に弱くても挑み続けた雄姿は強さの本質、信に値するものだとあの場にいた全員が思っていましたよ。多少盛っててもおつりが出るくらいです」

褒められたアランはどうしたらいいのか困った顔で頭を掻いています。

「ではどういうことですの？」

セレンの疑問にカツ代行は机から何かを取り出して答えます。

「しかし、その成功で調子に乗ってしまったのがいただけない。アザミ軍の広報は次にルックス重視の少年までプッシュし始めたじゃないですか……コレを見てください」

彼が取り出したのはロイドがナース服を着て手洗いうがいの注意喚起をするポスターでした。

一部の人からは風邪《かぜ》予防だけでなくテンションが上がって免疫力もアップしたと言われる珠玉

の一品（笑）に当のロイドは赤面します。

「そ、それは⁉」

「このアピールに加え、巷《ちまた》では彼が「空を飛んだ」「ゴーレムを一ひねり」「街道の爆破事件の瓦礫《がれき》も彼一人で撤去した」なんて噂《うわさ》も出回っているほどで……」

口にするのも嫌そうな苦々しい顔のカツ代行。でもそれ、事実なんですけどね。

「アラン君で成功し、さらなる広報戦略をこうも露骨にされたのでは組む側としては困るんですよ。売れていない商品をあたかも売れているように吹聴しまくるとその商品だけでなく組織そのものも胡散《うさん》臭くなり、結局いい商品が売れなくなるもんです。意味分かりますか？」

「つまりロイド様が弱いと」

セレンもカツ代行に負けず劣らずの圧で睨《にら》み返しました。そんな彼女にも代行は物怖《ものお》じしません。

「いくらなんでも空を飛べるだのなんだのは看過できませんよ」

「え、飛べるんですけど」な表情のロイド。この辺の常識はまだ理解できないようですね。

リホが一触即発なセレンを引っ込ませると代わりに問います。

「それで？　ここでロイドを試そうってことか？　元々道場っぽいしな」

「アザミ軍が吹聴していることが本当なら問題ないでしょう。色々噂のお仲間さんの実力も拝見したいことですし、荒事《あらごと》はお嫌いですか？」

普段真顔のフィロが不敵に口元を歪《ゆが》めて笑います。

「…………大好き」

カツ代行もつられて笑います。彼も冒険者ギルドの一員にもれず結構好戦的なんですね。

しかし、ここで一人別の笑みを口元に浮かべている少女がいました。

「でもよ、仮にも冒険者ギルドがそれじゃちょっと趣がないんじゃないか？」

リホです、完全に交渉人な雰囲気でカツ代行に話しかけています。

「趣と言いますと？」

笑みを引っ込めて聞き返すカツに、彼女は良い笑顔である提案を始めました。

「冒険者ギルドってのは依頼をクエストという形で冒険者に受注させ、こなしたクエストの数や大小に応じてランク付けしているじゃないか」

「そうですが、それが何か？」

「せっかくなんだ、ここは喧嘩《けんか》じゃなくてクエストという形で試すのはどうだい？　どんな高難易度クエストだってウチのロイドはこなしてみせるぜ。そっちも厄介な塩漬け依頼の一つや二つはあるだろう、お互いのためになると思うんだけどな」

実にもっともらしいことを言っているように見えますが、リホの魂胆はロイド以外の仲間全員に見え見えでした。「あ、ロイドにクエストをやらせて報酬をピンはねする気だ」……と。

「ふむ」と考え込むカツ代行。リホは身内にバレていようがお構いなしでまくし立てます。

「さぁ、どんな高難易度クエストでも構わねぇ！　どんと来いってんだ！」

「リホさん、目がお金のマークになっていますわよ」

守銭奴っぷり全開のリホ。そんな彼女に対しロイドは何故《なぜ》か尊敬のまなざしを向けていました。

（さすがリホさん、僕がボコボコにされないよう条件を変えさせてこの場を収めようとしている）

んなわけないと言いたいですね。

（そして口は悪いけど根は優しい……改めて考えればアランさんの情報通りだ）

とまぁ都合のいいようにリホ＝王女の核心を強めていったのでした。

そんなリホはリホでもう「日程はいつまで」「挑む人数」といった、クエストをこなすのが前提の話を始めています。

ついにカツ代行もリホの話に流されてしまうのでした。

「ふ、いいでしょう。こちらも厄介な依頼がそれなりに溜《た》まっていてね。君たちだけでクエストをこなすという条件ならいい……お手並み拝見といこうじゃないか」

「よっしゃ、報酬バリ高ＳＳランククエストを頼むぜ――ってどうしたロイド？」

話がまとまりかけている中、ロイドはリホの肩をポンと叩きました。

「リホさん、大丈夫ですよ、そんな気を使わなくても」

「え？　気？」

全然気など使ってもいなかったのでリホはポカーンと口を開けるしかありません。

ロイドはというと「全て分かっていますよ」的な顔で頷いていました。

「僕がこの場で試されてボコボコにされるのを心配して条件を交渉してくれたんでしょうけど……大丈夫です」

「え？」

まだ理解の追っつかないリホはポカーン顔を継続中です。

そしてロイドは自信たっぷりに微笑《ほほえ》みます。

「僕、強くなりましたから、ここにいる人全員相手にするのは無理かもしれませんが一人くらいは勝てると思います」

「い、いや、そうじゃなくて高難易度報酬バリ高クエストをだな……バリ高報酬が欲しくて」

ラーメン屋の特殊注文みたいにバリ高を連呼するリホ。

そんな彼女の言葉を、心配してくれているのだと完全に勘違いしているロイドは、カツ代行の方に向き直ります。

「まどろっこしいことは抜きにしましょうカツ代行さん。ここにいる人たちは僕を試すためにいるんでしょう？」

両脇に整列している屈強な戦士たちの眼光が鋭くなり、ロイドを睨みつけます。彼はちょっとたじろいでしまいましたが不敵な笑みは崩しませんでした。

「僕もアザミ軍でずいぶん揉まれました。アランさんほどじゃないですがここで男を見せたいと思います」

「揉まれたんですか⁉　ロイド様どこを⁉」

「……そうじゃない」

ロイドのかっこよさげなセリフを台無しにするセレンをフィロが咎めました。

彼女らのボケとツッコみをスルーし、カツ代行は実に楽しそうに笑っています。

「いやはや、見た目で判断しちゃいけないな。ずいぶん肝が据わっているようだ……本人の希望なら受けないわけにはいかないか」

と、話がこの場でバトルに傾いている中、アランが別の心配を始めました。

「ちょっとロイド殿、大丈夫なんですか？」

「アランさんも心配しないでください、僕もアザミ軍人の一人ですから」

「ではなくて手加減……」

そうですね、ロイドがマジになってしまったら拳の当たり所によっては死人の一人や二人ポンッと出てしまってもおかしくありません。

そっち方面のアランの心配をよそに、ロイドと冒険者ギルドの面々はやる気十分といったところです。

その中のひときわ屈強そうな男がずいとロイドの前に立ちふさがります。

「お仲間が心配しているけど大丈夫か小僧？　俺は手加減できないぞ」

「はい、僕も手加減しません！　全力で頑張ります！」

ロイドの宣言に仲間の血の気がさーっと引いていくのが分かります。

「ちょ、ちょっと手加減をしてくださいまし、手加減を」

セレンは慌てて手加減を連呼します。愛する人が不可抗力とはいえ人殺しになるなんて見過ごせないということでしょう……自分はストーカー禁止法に引っ掛かるような犯罪をしまくっているのにね。

「は、今更見苦しいぞ。小僧はやる気だってのに」

「……………そっちじゃねー」

相手ではなくロイドに言っていることなど知る由《よし》もない屈強な男に、呆《ほう》けていたリホも止めに入ります。

「逆だ逆！　あとここでバトんないでクエストにしてくれぇ！」

しっかり本音も織り交ぜているリホでした。

カツ代行はロイドの心意気に嬉《うれ》しい誤算と笑みを浮かべています。

「その心意気は立派な軍人……ですが何度も申しますが我々にもメンツというのがあるんでね、その男と戦ってもらいましょう」

「し、質問ですわ！　その方は頑丈ですの？」

「そうだぜ、ロイド殿相手なら頑丈な男を希望するぜ！」

「え？　なんでそんなこと要求するの？」と目を丸くするカツ代行ですが、すぐさま理解(笑)します。

「なるほど、対戦相手を攻撃職ではなく防御職に誘導して、ロイド少年が少しでもケガしないようにしようという作戦ですね」

「俺は前線に立ち続けて十数年！　盾役として多くの仲間や依頼人を守ってきた！　丈夫さならギルド一だと自負しているぜ」

盾を構え、いかにも丈夫そうなこの男は体中に残る傷跡を見せびらかしてきました、ほっといたら傷自慢を始めそうな勢いです。

「……これなら大丈夫かも」

「あぁ、一発じゃ死なない感じがするぜ」

フィロとアランが安堵《あんど》の息を漏《も》らします。もちろんロイド「に」一発で殺されないだろうという安心です。

ロイド「が」一発で殺されないというニュアンスだと受け止めている盾男は「チッチ」と舌打ちします。

「しかし残念だな、人を守る立場は腕っぷしもそれなりに強くなきゃいけないんだ。こう見えても無数のスライムを――」

「あ、その話は結構ですわ」

盾男の攻撃力には興味のない一同、悲しいくらいの塩対応です。

若干涙目になりながら盾男は拳をコキコキ鳴らします。

「精神攻撃など姑息な手段を……かかってくるがよい！」

ずずいと前に出る男に対し、ロイドは臆することなく構えます。いえ、きっと恐怖を頑張って押し込めているのでしょう、気丈に「よろしくお願いします」と頭を下げました。

「心意気は立派に軍人じゃないか……すまんなロイド君とやら、私たちのメンツのために」

ロイドの気丈な振る舞いに、もうギルドとして協力する気満々なのがカツ代行の表情から見て取れます。

一方ロイドが殺人者にならないように仲間は全力で祈っております、はた目から見るとロイドがケガしないように祈っているようですが、全くの逆です。

「手加減してくださいまし」

「……手加減」

「ヤバくなったら止めるぞオイ」

かつてロイドと似たようなシチュエーションになったことのあるアランは顔面蒼白《そうはく》です。

「おぉ、入学前の俺ってあんなヤバいことをしようとしていたのか……無防備な顔面に一発とかロイド殿によく言えたな……」

ありますよね、その時は大して気にしなかったのに後々思い返したらヤバい綱を渡っていたことに気が付いて、胃の下辺りがキュンとすることって。帰り道、事故りそうになったことを家に帰って風呂《ふろ》入っている時に思い返して気持ち悪くなったりとか。

皆の悲痛な願いも必死の応援と勘違いしているロイドは皆に軽く手を振った後、盾男に向き直ります。

「僕の男気……見せます！」

「おう、見せてくれ！」

ロイドが本気で殴ったら男気以前に内臓を見せることになりかねないことなど知らない盾男は、どんとこいと胸を張ります。

そして――

「さぁ！　はじめ！」

カツ代行の掛け声とともに両名が相手めがけて駆け出しました。

「行くぜ小僧！　シールドチャージ！」

盾を構えて突っ込んでくる盾男。対してロイドは――

「まずは牽制《けんせい》のジャブで相手をかく乱！　僕も考えて戦えるようになったんですよ！」

いきなり大技を使わず、ロイドは軽いジャブで盾男を殴ってみせました。

ただみなさんもご存じでしょう、彼のジャブがただのジャブに非《あら》ずということを――

――ッゴォォン！　（相手の盾をへこませた衝撃音）

ガッシャァァァァン！！！　（吹き飛ばされ、盾男が最上階の窓を突き破る音）

丈夫そうな鉄の盾が鉄球を食らったかのような衝撃でへこみ、シールドチャージをしてきた盾男は突進の勢いと同じくらいのスピードで吹き飛ばされてしまいました。

一瞬で窓の外に放り出されてしまった盾男。でも逆にロイド相手にこの程度で済んでよかったかもしれないですね。

「俺あの時顔面で受けなくてよかった……」

過去の出来事と今の現象を重ね合わせてしまったアランは、なにもしていないのに腰が抜けてしまいました。

そして、アラン以上に呆けているのはカツ代行です。

「どゆこと…………」

他の冒険者も同様に「どゆこと」とボーっとしております。

そして当のロイドですが……

「あれ？」

あまりにも軽く吹き飛んだ盾男に拍子抜けしてポカーンとしていました。ここにいるほとんどが呆けていますね。

彼はしばし逡巡《しゅんじゅん》したのち……

「そうか、冒険者ギルドさんはメンツを守るために決闘の形をしたかっただけだったんだ。元々協力するつもりだったけど何もしないわけにはいかないから……じゃなきゃあんな簡単には勝てないもんね」

いいえ、勝てるんですよ君だったら。

ロイドは自信がついたとはいえ、未だ自分と一般世間の力の乖離《かいり》までは分かっていないようですね。

そして盾男がぶっ飛ばされたのを見て「やっちまったー」と慌てているのは仲間たちです。

「まずいですわ！　高所から突き落としたということで前科一犯になってしまうかもですわ！」

「なるかセレン嬢！　過失致死だけど正当な理由ありだ！」

「……禁固十五年、模範囚で十年」

「フィロ、その情報はいらねぇ！　大丈夫だ、全身複雑骨折&内臓破裂で助かる」

それ助かるんでしょうか？

「お、お前ら！　ボーっとしてねぇであいつを回収しに行け！　早くいけば大丈夫――」

カツ代行も正気に戻って指示を飛ばします。

盾を装備していたとはいえこの高さじゃ全身複雑骨折は免れない、急いで回収して回復のエキスパートのコリン大佐でも呼ばないと……と一同てんやわんやしている時です。

「いや、全然大丈夫じゃないね。擦過傷《さつかしょう》に内臓破裂、亜脱臼《あだつきゅう》に全身複雑骨折、その他もろもろ――だったよ」

カッ代行の言葉にかぶせるように、一人の女性が先ほどの盾男を抱えて事務所に入ってきました。

「――――ッ⁉」

三つ編みに季節感のない安物のセーター、簡素なボトムスで、その上からこの辺じゃあまり見かけない雰囲気の黒い羽織をひっかけている妙な服装の女性です。

「だったよって……過去形ですの？」

「うん、私が治したからね」

三つ編みの女性は盾男をちょっとぞんざいにソファーに横たわらせました。盾男は気こそ失っていますが怪我《けが》一つありません。それを見たロイドは――

「あ、やっぱ吹き飛んだのはお芝居だったんだ、下に回復魔法を使える人をスタンバイさせて……ロクジョウでお芝居の経験したけど見抜けないなんて僕もまだまだだな」

と、都合よく解釈したのでした……しかし、そう考えてしまうのも無理はありません。なんせこの高さから落ちて無傷で助かったのですから。

そう、無傷。ロイドの攻撃抜きでもこの高さから落ちて無傷で済むわけはありません、たとえ凄腕《すごうで》回復術師がいたとしても。

この三つ編み女性は規格外すぎる、何者だ？　――リホやセレンたちの間に不穏な空気が漂います。

「あー重かった、肩こるなぁ」

何者にも流されないような独特の空気を纏《まと》わせている彼女に皆が視線を向けていますが……

「――――ッ！」

一人、カツ代行だけが言葉を失ったまま三つ編みの女性の方に近寄ります。

そして彼女の前に立つと膝《ひざ》に手を当て、深々と頭を下げました。

「お、お、お久しぶりです！　ギルド長！」

「「「ギルド長⁉」」」

その場にいる全員が声をハモらせてびっくりしました。

ギルド長と呼ばれた女性は伸びをしながら軽い感じで返事をします。

「あー久しぶりカッチン、老けたね～」

我が家のようにソファーでくつろぎながら女性は笑ってみせるのでした。

「ふーん、この部屋あんまり変わってないね。事務所にするなら床板外してオフィスみたいにしちゃえばいいのに」

のんびり辺りを見回すギルド長を見て、リホが隣にいるセレンやフィロに小声で話しかけます。

「ギルド長、ずいぶん若くね？　アタシはてっきりもう少し老けているもんだと」

「少なくともカツ代行さんと同じくらいのハズですわよね」

「……美魔女？」

フィロのボソッと言った一言に、ギルド長はギュインと首を回して反応します。

「美魔女！　いーねー！　美魔女ギルド長！　君良いこと言ったよ！　リンコさんポイント五ポイント贈呈だ！」

マイペースなギルド長にカツ代行はおずおずと話しかけます。

「あ、あのギルド長」

「あーゴメン、取り込み中だった？」

「そうじゃないです！　十数年近くどこに行っていたんですか！　それにその姿！　いなくなった時と全く変わっていな――ムグ」

「カッチン、それ以上は言わないの。私は美魔女のリンコさんよ――おやや？」

リンコと名乗るギルド長は指でカツ代行の口をふさいだ時、見知った顔が視界に入り旧友のように声を掛けました。

「あれ？　確か……ロイド少年、ロイド少年じゃんか！」

「あ、あなたは……えっと」

フレンドリーな態度にアランが驚きました。

「ろ、ロイド殿⁉　このお方と、冒険者ギルド長とお知り合いだったんですか？」

ロイドはアゴに手を当ててると思い出そうとしました。

「えっと……あぁ！　アスコルビンでおトイレだと思って間違ってこの人の家の中に入ってしまって、そのままおトイレお借りしちゃったんですよ！　たしかリンコさん！」

「そそ、あの時のリンコさんだよ！　しっかし無自覚にあの扉を開けていたとはねぇ」

感心するそぶりを見せるリンコ。そのやり取りを聞いてカツ代行が驚愕《きょうがく》します。

「アスコルビン自治領ぅ⁉　ギルド長なんてところにいたんですか⁉」

「そんなことは気にしちゃダメよ……で、一体全体どういう状況なのさ」

「それはですね――」

ロイドがかいつまんで説明するとリンコはアッハッハと笑います。

「なーるほどねぇ、相変わらず頭が固いなカッチン。分かるけどさぁ」

リンコはペシペシと子供のように代行の頭を叩きます。

「リンコさん、部下の手前、勘弁してください……メンツが」

さっきまでシリアスにメンツを連呼していたカツ代行、立場なしですね。

「ま、確かにメンツは大事さ。でもね～この少年の強さは私が保証するよ。なんだっけ、舞踏会だっけか……うんうん、顔を出せばいいんだよね、そんくらいなら余裕かな。会いたい奴もいるしさぁ」

軽い感じで舞踏会出席ＯＫを出すリンコにロイドは喜びました。

しかし面妖《めんよう》な回復術を使ってみせた彼女にリホは訝《いぶか》しげな表情を向けました。特にあまり見かけない服装に違和感も覚えているのでしょう。

「なぁアンタ、その盾男さんの傷をすぐ治せるなんざ只者《ただもの》じゃないよな」

「うん？」

「それによ、その着こなしどっかで見たことあるんだわ、確かジオウ帝国の――」

ユーグが着ていた、そこまで言いかけたリホに対しカツ代行が声を荒らげます。

「滅多なことを言うもんじゃないぜツリ目のねーちゃん！　ジオウ帝国関係なわけあるか！この方はなぁ――」

そんな彼をリンコが制します。

「カッチン、それ以上はダメだよ」

「す、すんません！」

叱責した後、リンコは立ち上がるとロイドたちに稚気溢《ちきあふ》れる笑みを向けました。親戚のお姉ちゃんのような笑顔に、疑っていたリホも毒気が抜けてしまいます。

「安心したまえ、少なくとも敵じゃないよ。たとえるならその辺にいるアーリーリタイアしたご隠居さんみたいなものさ。ちょっとレベルが限界突破しているだけだけどね」

「……レベル？」

「あぁそか、脳みそに柔軟性が足りていないなぁ、ついゲームのネタを口にしてしまう」

頭をコンコン叩いてはぐらかし、リンコは言葉を続けます。

「とりあえず舞踏会だっけか、出る予定でいるからその時にでも質問タイムは受け付けるよ」

フィロがリホの服をクイクイ引っ張って訴えます。

「……悪い人じゃないと思う」

「ま、アタシもそう思うぜ。悪いなギルド長さん疑っちまって」

「リンコでいいよ、もう知らない仲じゃないんだし」

「じゃあリンコさん、当日よろしくお願いします」

「ん、分かったよ～。ではでは、ロイド少年」

リンコは手をひらひらさせて去り行くロイドたちを見送りました。


彼らが去った後、リンコと二人きりになったギルド代行は改めて彼女を問い詰めます。

「ギルド長、急に帰ってくるなんてどうしたんですか？　下手したら二十年ですぜ。しかもアスコルビン自治領で何していたんですか、その老けな……美魔女の謎《なぞ》も」

リンコは淹《い》れてもらったお茶をすすりながら流すように答えます。

「美魔女だからかな……ありゃ？　答えになってない？」

「はい、欠片も」

「ん～まぁ色々あったのさ。そんで調べたいことがチラホラ出てきて、協力してほしいんだわ」

「ギルド長の命令ならなんなりと、みな喜んで受けますぜ。何を調べましょうか」

リンコはニカッと笑います。

「そうだね、大まかに世界の情勢と……あとは」

「あとは？」

「アザミの王女マリアは、今どこにいるのかこっそり調べちゃくれないかい？」

場面変わって冒険者ギルドから帰る途中のロイドは洞察力の鋭いリホの行動を見てこんなことを考えていました。

（この洞察力、やっぱり王女様なのかも）

ロイドにとって王女様ってどんだけハイスペックな存在なのでしょうか。まぁ田舎《いなか》出身の人間が都会の王族に過剰な幻想を抱いているのは仕方がないことかもしれませんね。現実でも、都会じゃ芸能人がみんなその辺を歩いていると思う方もいるかもしれませんが実際そんなことありませんし。

（リホさんが王女様か……いやでも、ちゃんと確かめてから聞こう、僕のことを本当に好きなのか……）

まぁ好きなのは疑う余地もないかと思いますが。

そして複雑に揺れるロイドの心。女友達が自分のことを好きだってなったらこういう変な感じになりますよね。

「大っぴらには聞けない。それとなく聞いて……ちゃんと確かめてみないと……」

「あん？　どしたロイド」

リホに心配されてロイドはビクッとしてしまいます。

「あ、い、いや……な、なんでもないですよ」

「なんでもなくはなさそうだけどよ。まぁいいや、とにかく帰ろうぜ」

彼は短く返事をすると決意を新たにします。

（隠しているんだ、みんなに気づかれないよう上手《うま》く聞かないと……さりげなく誘う……どうやって？）

その後ロイドはうんうん唸りながら帰路へと就いたのでした。

さて、ロイドが帰宅する少し前のことです。

魔女マリーの雑貨屋では日々だらしなさに磨きをかけている王女（笑）マリアことマリーとロリババアのアルカが神妙な面持ちで話をしていました。

「それで、ロイド君のお兄さんは私たち以上の情報は知らないって言っていたのですね」

「まぁハッキリ言えばそうじゃな。奴らの目的が疑惑から確証に変わったぐらいじゃの」

珍しく酒をあおるアルカ。琥珀色《こはくいろ》の液体が、見た目は幼女の喉《のど》に流し込まれます。

「勘弁してください師匠、誰かに見られたら「子供にお酒を飲ませるとは何事《なにごと》か」と怒られちゃいますよ」

「気にするな、見られる前に飲み干すわい。それに酒樽《さかだる》一杯は飲まんと顔も赤くならんから安心せい」

「なおさら一杯で留《とど》めてくださいね。笊《ざる》にお酒こぼしているようなもんじゃないですか、もったいない」

マリーは毒づきながらグラスを傾け、頬を赤らめるとほうと息をつきます。

「染《し》みるわぁ……で、ソウという男は師匠の生みだしたルーン文字人間、消えることができずに彷徨《さまよ》っていた。世界を救った英雄という枷《かせ》から逃れるために、わざと悪事を働き消えようとしていたんですね」

「その悪事もあくまで散発的に行っていたのじゃが……ここ数年、なんぞ目的があるような行動をとり始めての、それがショウマやユーグと出会ったからのようじゃ」

「ロイド君を英雄にしたいお兄さん、誰かが英雄になれば消えることができると考えていたソウ……利害が一致したというわけですか」

「加えて世界を混乱に陥《おとしい》れて、時代に見合わぬ技術を世に広めて世界の水準を無理やり上げようとしたユーグ……奴はロイドに傾倒する二人を利用しようとしたんじゃろうな」

クィッとグラスの酒を飲み干すとアルカは言葉を続けます。

「しかし、ソウはロイドを殺そうとした。誰かがロイドを殺さないと消えないと吹聴したんじゃろうて」

「よっぽど信頼していた人でしょうね、ユーグ博士が吹聴したとか？」

「奴の計画が成就する前に手駒であるソウを消すようなことはせんじゃろて……じゃがしかし、ルーン文字の仕組みやソウやユーグの行動理念を把握していなければできん芸当じゃな」

「それがプロフェン王国のイブ様だと？」

アルカは静かに頷きました。

「ワシと同じ不老不死でルーン文字に関して詳しい、そして昔のワシの雇い主……といった方が分かりやすいかの」

「雇い主ですか……どんな過去があったか想像できませんが、世の中狭いですね」

「だとしてもロイドを殺すメリットが思い浮かばん、あの子は良くも悪くもこの件とは無関係じゃからの」

マリーは少し考えた後、思いついたことをぽそりと口にします。

「関係ありますよ、もしかしたら……師匠を引き入れるためとか」

「なんでじゃ？　人質ならまだしも殺すんじゃぞ」

「もしロイド君が死んだらどうします？」

「それは……」

言葉に詰まるアルカ。マリーはお酒を口にしながら続けます。

「師匠のことです、生き返らせようと奮闘する、もしくはロイド君をルーン文字で作ろうとするかもしれませんよね、ソウさんと同じように」

「うむ、想像もしたくないが、その可能性は無きにしも非ずじゃな」

「連中、というかユーグ博士の目的は世界の水準を上げて、何年かかってもいいから最果ての牢獄《ろうごく》のとある装置を制御することでしょ。ルーン文字も現在進行形で研究開発しているかもしれません、ロイド君を生き返らせるなら誰とだって手を組みますよね師匠は」

「やりかねんな、ワシ」

「まぁ私の推測です。イブさんがそうだという確証はないですが、他にやりそうな人物の心当たりは？」

アルカは腕も足も組んでフムムと唸ると容疑者を絞り出しました。

「あとはコーディリア所長くらいか……しかしやる理由もなければ存在している確証もない」

「いずれにせよ師匠の言う「あの日起きた出来事」、イブ様やユーグ博士、彼女らの行為を見過ごしたコーディリア所長の思惑が分からないと身動きはとりづらいんでしょ」

「まぁの」

「ま、イブ様はプロフェンの国王、機会があったらそれなりに探りを入れます、王女ですから…………ヒック」

「ヒック?」

「そのかわりルーン文字でロイド君を増やして皆で分かち合いましょうよぉ、いや独占して両手にロイド君、両サイド添い寝ロイド君……料理用にホニャララ用と夢が広がる……ヒック」

「お主《ぬし》酔っておるな」

「まぁお国としてできることは精一杯やりますんでぇ……なんせぇ王女ですしぃ」

酔いどれ全開になってしまわれたマリーさん、急に酔いが回るめんどくさいタイプだったみたいですね。

そこに冒険者ギルドからロイドが帰ってきました。

「ただいま戻りました……あれ?」

「おっかえりーロイドく～ん!」

「おぉ、ロイドのお帰りじゃ。グラス越しに眺めるロイドも格別じゃな」

帰って来て早々酔っ払い一名と自分に酔っているロリババア一名に絡《から》まれてロイドは乾いた笑いしか出ませんでした。

「アハハ、ご陽気ですね」

ウェイウェイとロイドに投げキッスをし始めるマリーを見ていつもボケ役のアルカがツッコむ始末です。

「こやつ、さっきまで普通にしゃべっておったのに急に酔いが回りよって……厄介なタイプじゃの」

「そうなんですよ、お酒を止めるタイミングがなかなか摑《つか》めなくて」

自分のことが呆れられているとは知らずマリーは変わらずご陽気です。

「確かに、人生って色々タイミングが難しいわよね～」

机に突っ伏しながらお酒を飲みだすマリーに、ロイドはとりあえず王女のことを聞いてみました。

「あの、この前もお聞きしましたが王女様ってどこにいるんですか？　せめてどんな人かだけでも教えていただけると……」

マリーは口の端から酒をこぼしながら笑います。

「ウェへへ……なぁにロイド君、王女様のことが気になるのぉ？」

「え、えぇまぁ」

「王女様はね、案外君の近くにいるのよぉ」

「すぐ近くですか……」

「そう、王女様はねぇ王女様はねぇ…………実は私なのでーすっ！　イェーイ！」

ご陽気マリーさんの精一杯のカミングアウトですがこんな痴態をさらけ出している状態で言っても誰も信じないでしょう。説得力というものがないんですよ。

一方ロイドはというと何故か尊敬のまなざしを向けていました。

「酔っ払っても全力でごまかした……ポロっと教えてくれるかと思ったけどやっぱトップシークレットなんだ……」

マリーはカミングアウト大失敗にもめげず……というか失敗したことも気がつかずに絡んできます。

「私王女様なのよぉ、色々あってお城に帰る気ないのよぉ……ロイドくぅん、私の王子様になってよぉ」

「ハイハイ、ウコン茶出しておきますね」

患者さんに「お薬出しておきますねー」という医者のイントネーションと同じ感じであしらうロイド。こなれていますね。

アルカは溶け始めるマリーに呆れかえっています。

「そりゃこんな奴が王女なんて信じるはずがなかろうて」

「うぇーい！　トラストミー！」

出来上がったマリーを尻目《しりめ》にアルカは腕を組んで考え込みます。

「しっかしロイドが王女のことを気にかけるなどどういう風の吹き回しじゃ？　これは調べる

必要がありそうじゃの……」

さっきのシリアスな話より最優先事項らしくマジ顔のアルカ……彼女も大概《たいがい》ですね。

「ロイド君が私のことを気にかけている⁉　それって恋⁉　恋⁉　こいこーい！」

「うむ、とりあえずなんかムカつくから「無性にかゆいけど体のどこだか分からずやきもきする呪い」をかけておくかの」

ありますよね、体の表面でなく中の方がかゆくなる感覚、掻いても掻いてもスッキリしないアレ……鬼畜の所業ですね。

そんな呪いを受けても「かゆーい、ロイド君かいてー」とマリーは酩酊《めいてい》全開でした。

王女の品位以前の問題の彼女をスルーするロイドは、さっきのマリーの発言を思い返しています。

「でも、ちょっとだけ有益な情報を手に入れたぞ……身近な人……やっぱりリホさんだ。そうとしか考えられない」

と、半ば確信したのでした。

「ふへ～い！　うぇーい！」

そしてマリーが王女ではないだろうということも無自覚に確信してしまったようでした。

さて、ロイドがリホを王女様だろうと睨んだ次の日。

彼は授業の最中も座学そっちのけでどうしたものかと思案していました。

(内容が内容だし、自然に二人きりになって切り出せる場所に……)

ロイドは気怠《けだる》そうに座学を受けるリホの横顔を見やりながら模索しています。

(でもリホさんがそうなのか、仲は良い方だけど……だとしても僕じゃ釣り合わないよな……)

「はいじゃーここの部分、せやな、ロイド君答えてや」

「うぇ!? はい!? す、すみません聞いてませんでした……」

急にコリンに指名されたロイドは慌てふためいてしまいます。

コリンは優等生のロイドが困る様子を見て小首を傾げました。

「どしたんロイド君? 授業聞いてへんなんていつもと違うなぁ……なんや疲れとるんか?」

「あ、いえ、そういうわけでは」

そこにロイドの生態には一家言《いっかげん》ある(笑)セレンがたまらず口をはさみました。

「今日のロイド様はいつもと違いますわ、ページをめくる指先もおぼつかなかったですし、なにより悩んでいるご様子でした」

そんなことを言うセレンを見て、リホがにやけながらロイドを色んな意味で心配します。

「どうしかしたのか? 普段からおかしいセレンに変だなんて言われちゃやべーぞ。何か考え事か?」

「あ、アハハ」

リホさんのことですよとは言えず、ロイドはどうしたものかと笑って誤魔化すしかありませんでした。

そして授業が終わってリホと二人きりになるタイミングを計ろうとするロイドでしたが……

「あの、リホさん」

「リホさんに何か用ですのロイド様」

セレンにことごとくインターセプトされて切り出せずにいました。セレンは無自覚に割り込んでいるのでしょう、本能で反応……いわゆるオート機能搭載ですね。

彼女の距離感に改めて違和感を覚えつつ、どうしたものかとロイドはまた悩みます。

「セレンさん、もしかして僕とリホさんがやましいことをしないように軍人として見張っているのかな……そんなつもりじゃないのに……」

違いますよ、軍人としてではなくあくまでストーカーとしての矜持《きょうじ》です。むしろ逆にセレンはロイドにやましいことをしようと常に思っています、道徳心なんぞ当の昔にティシュのように丸めて捨ててしまったんでしょうね。

とまぁ、じくじたる思いでいるロイド。気が付けば士官学校での授業は終わってしまい、ずるずるとタイミングを逃し午後になってしまいました。

アランが指をゴキゴキ鳴らしながら気合い十分に吠《ほ》えます。

「さぁ、また舞踏会の準備ですぞ！　照明魂が燃え滾《たぎ》るぜ！」

火事になってしまうような不謹慎なことを蓄光魔石片手に叫び、やる気を見せる彼に対しセレンとフィロは冷ややかな目です。

「まったく、照明バカは暑苦しいですわね」

「……ほっといて行こう」

どこかへ行こうとする二人にロイドが尋ねます。

「あれ？　お二人ともどちらへ？」

「お給仕のお仕事を割り振られた方は、基本的な作法など講習を受けることになっていまして」

「……私の酒が飲めんのかー……じゃダメなの？」

「酒場じゃないんですのよフィロさん。酒場でもアレですが……これじゃまる一日講習を受けることになりそうですわ」

すぐに終わらないことを察してしまったセレンは分かりやすく肩を落とします。

「……どんまい」

「私のことを慰めてくれるのなら頑張ってくださいまし……」

「……善処する」

そんなうなだれる彼女をリホは指さして笑いました。

「いやーガサツな元傭兵で助かったぜ、このミスリルの義手でお給仕なんて様になんねーもんな」

「むぅ、そちらも準備頑張るんですのよ。くれぐれもロイド様に変なことをしないように」

「へっ、するかよ。オメーじゃあるまいし」

「……セレン、そろそろ」

フィロに促され、彼女は渋々と講習会の方へと歩きだしたのでした。アランも張り切って脚立を取りに倉庫へと……ロイドとリホは二人きりになりました。

「さーて、アタシは警備の巡回経路のチェックに、手が空いたら清掃か……」

ロイドはこのチャンスを逃すまいとリホの隣に密着しました。

「……っと、どうしたロイド？」

「あの、コレ」

ロイドがリホに手渡したもの、それは一通の手紙でした。

そっと手に握らせられた彼女はキョトンとしています。

「お？　こりゃなんだ？」

「あとで……読んでください」

その一言だけ残し、ロイドは足早に去っていったのでした。

（これでよし……あとはリホさんが指定した場所に来てくれることを願うだけだ……）

ロイドは一体どんなことを手紙に書き記したのでしょうか。

そのリホは手紙を不思議そうに見やると懐《ふところ》に忍ばせるのでした。

「なんだってんだ？　ってまさかラブレター!?　……なわけねーよな。アタシもセレン嬢のこと言えないぜ」

ラブレターという先入観が一瞬頭によぎってしまったリホさんは、家に帰ってその手紙を読んで顔を真っ赤にしてしまったそうです。

内容は「大事な話がある」的な文章と日時や場所を指定した文面……そう、見ようによってはデートに誘っているような文章だったのです。

言葉で誘えば普通の食事と思えるのですが手の込んだ誘い方に入念なセレン回避、そしてリホ自身の先入観……そう捉《とら》えても仕方がないですよね。

そう、確実にリホとゆっくり話をする機会を設けるために授業中こっそりと一筆したためた物だったのです。

「な、ななな……」

リホさん、その夜は眠れなかったそうですよ。

第二章

たとえばバレンタインに手作りチョコを貰ったような勘違いしても仕方がない状況

〔名〕ラブ・レター

愛情を告白する手紙。恋文。

この手紙が下駄箱《げたばこ》に入っている程度だったらリホはいたずらだと思い、笑ってスルーしていたことでしょう。

しかし、これはロイドから直接手渡された代物。アザミ王国士官学校の女子寮にて、リホは何度も何度も何度も文章を読み込んでは赤面し困惑しています。

「どーいうことなんだオイ」

ロイドが何がきっかけでこの手紙をよこすことになったのか……少し前、義姉のロールとの確執で自棄《やけ》になっていたころの自分だったら、心配してこういう手紙を渡されても分かるけど……と原因が分からず困惑しているのです。

でも困惑している割にはその日からリボンを洗ったり、ちょっとよさげなシャンプーを使ったりしているんですよね彼女。

というわけで次の日、リホは期待と不安を胸に抱いて手紙に書かれている場所へと向かうのでした……期待しまくるのはまぁ無理からぬものです。

ロイドが指定した場所はノースサイドのいい雰囲気のレストラン。個室完備で最高級とまではいきませんがそれなりにお値段の張るお店です。デート一発目にしては気合いの入った場所で、そこもまた「ロイドらしさ」に思えてしまうのでした。

「喫茶店とかドーナツ屋とかだったらまだ分かるんだけどなぁ……さすがにこの風体の店は」

どう考えてもデート、しかも夜で色々と言い訳ができないシチュエーション……リホはたまらずのどがカラカラに渇いてしまいます。

謂《いわ》れない疑いで告発された人間のような心拍数で向かうリホ、その先には——

「あ、リホさんすみません、お呼び立てして」

小綺麗《こぎれい》な服でドレスコードをクリアしているロイドがそこにいました。リホの心拍数爆上がりです。

「ろ、ろいど⁉」

彼からしたら王女様にお会いするのに失礼のない服を選んだつもりなのですが……まぁ気合い入れてデートの服を選んだ感がありますよね。

「え、えっと……」

言葉の見つからないリホ。ロイドは少し会釈《えしゃく》して彼女をレストランの中にエスコートします。

「早速中に入りましょう、リホさん」

「お、オウ」

なし崩しに中へと誘われたリホは華美すぎないシックな内装と流れる生演奏にドギマギしています。ムード高まるチョイスですからね。

ウエイターさんに案内され個室のような席に向かう二人。

そして椅子《いす》に座るや現れたのはコック帽をかぶる渋い笑顔の男性と、明るい笑顔のウエイトレスな女性でした。

「どうも、本日このテーブルを担当させていただきますシェフのミッチェルです」

「同じく担当スタッフのレイミーンです」

まずはシェフ自らのご挨拶《あいさつ》、このくらいリッチでムーディな店なら常識といわんばかりの丁寧な作法にロイドもリホも畏《かしこ》まって挨拶を返します。

「ご丁寧にどうもロイドです」

「ど、どうも、リホです」

そしてウエイトレスさんが「え、これ酒じゃないの？」と言いたくなるくらい高級感たっぷりな瓶《びん》から、これまた高級感たっぷりなグラスに注《つ》ぐ水に度肝を抜かれます。おそらくカルシウムたっぷりの硬水でしょう。

リホは一口、ちょっぴりアーモンドの風味のある硬水に驚きます。

「……マジで水だよ……喉《のど》乾いているから助かるぜ」

普段の彼女なら「たかが水のくせにお上品によぉ」と文句の一つでも言いそうですが……ロイドとのデート、懐《ふところ》から指輪でも出されてプロポーズでもされそうなムードある店で喉がカラッカラのリホはありがたく飲み干すのでした。

もはやヒットマンと会食しているような心境の彼女。まぁハートはすでに撃ち抜かれているようなものですし、あながち間違ってはいないかと。

（ったく、アランのこともう悪く言えねえや。偉い人と緊張しながら飯食うってこんな感じなんだろうな）

そして次々と出されるコース料理。オードブルだろうとサラダだろうと緊張で味のしないリホは「何が目的なのだろう」と、誘ったロイドの表情から推測しようと試みます。

「……」

当のロイドもまた、リホ同様に緊張していました。リホのことを王女様と勘違いして「王族とお食事」という意味での緊張感なのですが……告白前の雰囲気に見えても仕方がありませんね、コレ。

（なんだよホント！　なんで緊張してるんだよロイドもぉ！）

もしや自分と同じ心境？　いやそう考えるのは早計だろ！　と脳内一人漫才し始めるほど「ガチのマジプロポーズ雰囲気」が高まり、リホさんは無言でテンパります。

そして空気を読んだロイドは頑張ってたわいない会話で場をつなごうと話しかけ始めました。

その感じもまた「それっぽい」のでさらに緊張が高まるスパイラルに陥《おちい》っています。

シェフのミッチェルが丹精込めて焼いたミディアムレアーな牛肩ロースも味がしないままコースはついに終盤を迎え、とうとうデザートが運ばれてきました。

そしてロイドは「そろそろ本題に入らないと」と真剣な面持《おもも》ちになります。

「あ、あの！　リホさん」

「は、はい！　何でしょうか」

ここだけ切り取ると完全にプロポーズ前のシーンですね。

ロイドは小さく頭を下げて謝ります。そして次に出た言葉はリホにとって意外なものでした。

「すいません。ぼ、僕……リホさんの隠していることを知っています！」

「え？」

目を丸くするリホ。まぁそりゃそうでしょうね、隠していることは何一つないのですから。

しかしそう言われるとアレかコレかと考えてしまうのが人間というものです……ロイド本人はそんなつもりはないのにカマをかけた形になってしまいましたね。

(隠していることだぁ？　ミコナ先輩にマリーさんの私物と偽ってガラクタ売ったりしたくらいだぞ)

ミコナは泣いていいと思います。

とまぁ心当たりが一応あるリホはその線で話を進めてみました。

「ま、まぁ本当のことを黙っていて悪かったとは思うけどさ……正直気が付かない方もどうかと思うぜ」

「う、すいません」

「え？　なんでロイドが謝るんだ？」

騙《だま》された方が悪いと考えているリホは、ロイドが急に謝ったのでまた驚きます。

ロイドは反省するような、申し訳なさそうな表情です。

「言われてみたら色々と気が付いてもおかしくない点が多々あったように思います。でもリホさんのお芝居がさすがというか……嘘《うそ》をついているそぶりを見せなかったのが凄《すご》いかと」

「いやぁ、褒められたもんじゃねーよ」

でもそんなこと言うためにわざわざよさげなレストランに誘うかな？　と、この流れに疑問を持ち始めたリホは「これミコナ先輩の話じゃなくね？」と気が付き始めました。

「あのさロイド、いったん落ち着いてくれないか？　まず明確に、なんの話だか教えてほしいんだけどさ」

「何って、リホさんがアザミの王女様だってお話ですが」

「あん？　王女？　……いやいや、話が見えないぜ……っと」

「ど、どうしました？」

「何かがチラッと覗《のぞ》いていたような……まぁともかく、アタシは王女じゃないぜ。王女はマリーさんだ」

「さすがにそのウソには僕でも騙されませんよ、あの人が王女様だったらアザミ王国が大変ですよ」

「それは同感だけどよ」

　マリーは泣いていいと思います。

「ま、とにかく落ち着いて説明してくれ。アタシが王女様って考えちまったその理由やら経緯やらをよぉ」

　ロイドを諭《さと》しつつ理由を問いかけるリホ。

　その陰で不穏な何か《セレン》が蠢《うごめ》いていることも知らず……


　話は少し前にさかのぼります。そう、ロイドがリホにこっそり手紙を渡したあの時です。

　スパイが入手した情報を渡すかのように慎重かつさりげなくリホを誘ったロイド。

　その誰にも気が付かれたくない一心で、不自然さをすべて排除した「さりげなさすぎる動き」が逆に仇《あだ》となったんでしょうね……

「「――――ッ！」」チリッ……

　セレンとフィロは二人の間に滲《にじ》み出た何かに皮膚がチリついたようです。前から思うのですがこの二人は何かしらのセンサーを標準搭載しているのでしょうか？

そしてこの後のリホの行動……これがいけませんでした。もう完全に「ラブレターをもらった乙女《おとめ》」の行動そのもので顔にも書いてあったのですから。

「「……ふむ」」

訝《いぶか》しむ二人。そして極めつけはその夜、リホは眠れず灯《あか》りをずーっと点《つ》けっぱなしにしていたのをセレンに目撃されていたのが決め手になりました。

「戦《いくさ》のにおいじゃ……」

恋愛軍師と化したセレンは「何かがある」と迅速《じんそく》に判断、猛将フィロに即連絡。行動力の獣という二人はコネというコネを使い、ロイドらが密会する日時と場所をかなり早い段階で割り出したのでした。

そして現在……彼女らはレストランの中庭に当たり前のように潜伏して二人の行動を監視しています。セレンに至っては葉っぱを数枚むしり、自分の髪に散らして擬態までしています。

熟練スナイパーの手法です。

「ヴリトラさん、手鏡を左にもう十度ほど曲げてください」

ベルトの先端へ糸電話に話しかけるようにしてヴリトラに指示を出すセレン……元コンロンの守護獣を探偵七つ道具のような感覚で扱う彼女にもう言葉が見つかりません。

一方この扱いにヴリトラは表情こそ見えませんがかなりゲンナリしているご様子です。

「なんか我、犯罪に手を染めてばっかじゃない？」

　何をいまさらと言いたいですね。

「ヴリトラさん、十五度になっていますわよ。もっとキビキビしてください」

「はいっ！　かしこまりっ！」

「…………完全に主従関係が構築されている」

　古代の文献に記されるような伝説的存在を、新人アルバイトのように扱うセレンに一周回って尊敬の眼差《まなざ》しを向けるフィロでした。

　その眼差しにも気づかないくらいセレンはヴリトラの持つ手鏡を凝視しています、真剣な表情はまさしく職人ストーカーです。

「うーむ、やはりよく見えませんわね。ここは接近戦を挑むべきでは」

　フィロは「難しい」と首を振ります。

「……セキュリティ面から見ても難しい……色んな意味でいいお店」

　彼女が指し示す方には隙《すき》のない動きでお客様がお困りでないか目を配るシェフのミッチェルとレイミーンの姿が。

「しかし、ここで引いたらセレン・ヘムアエンではありませんわ」

「……たしかに」

　もうそういう概念なんですねあなたは。

中庭の茂みに身を潜めて機を窺《うかが》うも打開策がない状況。足止めを食らっていることがもどかしいセレンはフィロに案を募ります。

「ではフィロさん、異を唱えるなら対案を要求しますわ」

「……師匠がリホを誘った目的が分かれば……か」

フィロは「フムム」と唸《うな》るとベルトの先端に口を寄せ、ヴリトラに指示を出します。

「……ヴリトラさん……手鏡の角度を上に……師匠の口元が移るように」

「あ、ハイ」

即返事して即行動……もう何かの新人さんのような素直な返事ですね。

「ロイド様の口元を映してどうするんですの？　確かにキュートでセクシーですが」

「……同感」

そこ同意してどうするんですか、とツッコみたくなるヴリトラですが、どこか思うところありそうなフィロの表情を見て黙ります。

彼女はうっすらと口元を緩めながら秘策を語りました。

「……声は聞こえずとも口元だけ見えれば……「読唇術」で何とかできる」

「読唇術？　唇の動きで相手の会話が読み取れるんですの？」

「……少々……手鏡が小さくて自信ないけど……こういうのはおねーちゃんの方が得意」

セレンはフィロの姉の糸目のメナを思い出し、呆《あき》れ交じりで感心します。

「あの人も多彩ですわね。ではフィロさん、自信がなくとも何もしないよりはまし。気軽にトライしてくださいまし」

「…………あいよー」

フィロは軽く返事をすると、目を凝らして手鏡に映るロイドの唇に集中します。

彼女は動きを見定め、途切れ途切れにロイドが口にしたであろう単語を呟《つぶや》きます。

「……僕……王女……ってください……」

「ぬわんですって⁉「僕の王女様になってください」ですってぇ⁉　聞き捨てなりませんわよそれぇ！」

大きめのボイスにたまらずヴリトラが苦言を呈します。

「我が主セレンちゃんよ、もうちょっと声のボリュームを下げてくれませんか……ぐぇ」

セレンは苦しそうに口をつぐみます。そして無意識に呪《のろ》いのベルトを握りしめてしまいました。散々ですね ヴリトラさん。

「ちょっとそれほぼ告白ではないですか？　僕のお姫様になってくださいい的な。いえ「僕の王女様であるセレンさんとの仲を応援しってください」という可能性もありますわ」

相変わらずのポジティブ思考に今度はフィロがツッコみます。

「……ちっちゃい「っ」を無理やり入れてる……それに早計、読み間違いの可能性もある」

「くぅ、余計気になるだけじゃないですの」

開かない袋とじを前にしたような心境のセレンとフィロのもやもやは募るばかりです。

そして結局――

「やはりここは」

「……ん、正面突破」

こうなるんですよねこの二人は。


セレンとフィロがカチコミを決めた瞬間、ロイドは不穏な空気を察知します。

「何だろうこの空気……殺気とも何とも言えない……」

「どうしたロイド、王女探しの懸賞金はずいぶん前になくなったろ。なんでアタシが王女ってなったんだ？　メナさん辺りのいたずらか？」

話しかけて落ち着くように諭すリホをスルーして、ロイドは思案します。

（僕がお店に入ってから……王女って口にしてから……はっ！　もしかして！　リホさんが王女かもしれないと疑っていた奴《やつ》らが確信し、命を狙《ねら》おうとしているのかも！）

さぁとんでもない深みの勘違いにハマってしまったロイド。こうしちゃいられないと早々にお店を出る決意をしました。

「り、リホさん、話はあとです！　すぐにお店を出ないと命が！」

「え、なんで命？　ってうわわ！」

ギュッと手を握られて引っ張られたリホは急展開すぎる流れについていけません。

きょろきょろと辺りを見回すロイド、そこでミッチェルと目が合いました。

「おやロイド様、そんなに慌《あわ》ててどうかなさいましたか？」

「あ、はい……ちょっと」

言葉を濁すロイドにミッチェルは「なるほど」と何かを察して頷《うなず》きました。

「なるほど、何者かに追われているということですね」

「あ、はい！　って分かるんですか」

「それはもう、この道長いので」

スマートに察してみせるミッチェル。ちなみにリホは「え？　追われているの？」と状況に頭が追い付いておりません。

そしてミッチェルはレイミーンに指示を出し、裏口から出られるように手配しました。

「あちらなら裏通りに出られると思います、少々狭いかもしれません、お召し物には十分ご注意ください」

「あ、ありがとうございます！」

「いえ、一度こういうことをしてみたかったんですよ。裏口からお逃げください的なことをね」

この道とか言っていて只者《ただもの》じゃない雰囲気を醸《かも》し出していましたが単純にミーハーなだけだったんですねミッチェルさん。仮にタクシーの運転手だったら「前のあの車を追ってくれ」

と言われてテンションが上がるタイプでしょう絶対。

「さぁ早く、奴らが追ってくる前に！」

「ありがとうございます、レイミーンさんも」

「ふふ、運がよかったらまた会いましょう」

レイミーンも勝手に盛り上がり裏口から逃げるように手招いています。この人はこの人で中二病よりのミーハーですね、学生時代は学校にテロリストが襲ってきたらどう対処しようかなどと妄想していた口でしょう。

そんな彼らにスマートに誘《いざな》われ、動揺しまくるリホの手を引きながらロイドは真剣な表情で逃げ出します。

王女様の命を狙う追手から逃げるロイド（笑）。キャラらしからぬされるがままのリホ。

そして二人は人気《ひとけ》のない夜のノースサイドの裏通りにたどり着きました。飲み屋街から離れたここは蓄光魔石の灯りがぽつりぽつりとともるだけ、月明かりがないと何かが出そうな雰囲気の道です。

「ここまで来れば大丈夫ですね」

「大丈夫って何がだよ」

未《いま》だ展開がよく分かっていないリホはもう何度も「何が」を連呼していました。そりゃね分かんないでしょう、自分が王女と間違われてさらに命を狙われているというダブル勘違いをか

まされているのですから。

さっきの王女ですかという質問がガチとは微塵《みじん》も思っていないリホはロイドの不可解な行動に困り果てていました。

しかしロイドは真剣です、いつだって真剣なのですが人の命がかかっている時はさらに真剣になれる男なのですから。

「リホさん」

「は、はい?」

とりあえず安心してもらおうとロイドは短く一言彼女に伝えます。

「安心してください、リホさんのことは僕が必ず守りますから」

「あ、うん…………はい……」

理由は全く分からない。

しかしリホはプロポーズ一歩手前なこの一言に疑問など何もかも吹っ飛んでしまったようですべてが受け入れモードに入ってしまった様子です。今の彼女なら流れで高い壺《つぼ》もロイドからなら買っちゃうんじゃないでしょうか。

少ない街灯と月明かりという幻想的な雰囲気も相まって、まるで映画のワンシーン。追われる女とボディガードな雰囲気。

そのいい雰囲気を悪役が邪魔をするのはベタな展開ですよね。

「私から逃げられるとお思いですか？」

「…………ん」

セリフどころかキャラ配置もおしゃべりキャラと無口キャラという、まさに追手悪役テンプレを踏襲するセレンとフィロが挟み撃ちをする形で二人の前に立ちふさがりました。

「な、なんでセレンさんとフィロさんが⁉」

動揺するロイド、しかしいい雰囲気になったら邪魔をしに来るのがセレンという生き物だと熟知しているリホはどこか「やっぱりな」と呆れた空気を醸し出していました。一言、慣れって怖いですよね。

「ったくお前らはよぉ」

対峙《たいじ》する女性陣、意味は分からずともリホが強気に出られるのはさっきのロイドの守るという一言が効いているからでしょうね。

「で、いったい何の用事なんだ？　説明してもらおうか」

「ふ、決まっていますわ。どんな手段を使ったか知りませんがロイド様と無理やり結婚しようなど笑止千万ですわ」

「それ、オメーが言っていいセリフか？」

フィロも「……ん」と力強くリホに同意します。

そんなことなど意に介さず、セレンはいつものように高らかに吠《ほ》えました。

「ならばこちらも実力行使！　ロイド様の王女という立場は私が奪いますわ！」

「……そゆこと」

構える二人にリホは不敵な笑みを浮かべて相対します。

「へへ、まさかオメーらと本気でやりあうとは思っていなかったな」

「……二対一……降伏するなら今のうち」

「二対一、へへへ、二対一ねぇ」

こっちにはロイドがいる。

何かあったらロイドが守ってくれる――

さて、その当のロイドはというと……この状況に新たな可能性を見出《みいだ》していました。

(王女……私が奪う……これはもしかして!?)

彼が打ち立てた仮説とは一体……

(そうか、これは跡目争い！　アザミ王国は強い人が王族になれる！　力による統治をする国だったんだ！　目の前で起きている展開はそういうことなんだ！)

はい、いつものように……いえ、いつも以上に強引《ごういん》な解釈ですね。強いものが王になる……世紀末的な発想は正直どうかと思います。

(セレンさんはリホさんに舞踏会でリホさんが正式な王女と披露される前に勝負を仕掛けた……覚悟の決闘なんだ)

ある意味覚悟はしていると思いますけど……とまぁロイドは勝手に「一般人は口出し無用」な空気を読みリホの肩をポンと叩《たた》きました。

彼女は嬉《うれ》しそうに振り向きます。さっき守るって言ってくれましたしね。

「ロイドっ」

「ごめんなさいリホさん、さすがに僕が手を貸すわけにはいきませんね」

「ちょっと待てなんでだっ！　さっき守るって言ってくれたろオイ！」

リホさん今日一番の声の張り具合ですね。

はしごを外された形となったリホは「冗談だろ」とガチで狼狽《うろた》えてしまいました。しかしロイドは真面目《まじめ》な表情です、欠片《かけら》も冗談ではありません。

「だ、ダメです、王族同士の争いに僕なんかが加担するわけには……」

「王族ってお前⁉　何言ってんだ⁉」

そんなリホに対してセレンは勝ち誇ったように高笑いをかまします。

「オーホッホッホ、つまりこういうことですわ！　ロイド様の心は微塵もまんじりともピクリともなびいていなかったという証《あかし》っ！」

フィロも小さく頷きます。

「……そう、師匠は私になびいていたという結論」

このタイミングでブッコむフィロ。セレンは表情を一転させて華麗にメンチを切ります。

「フィロさ～ん。何食わぬ顔で事実を捻《ね》じ曲げようとするのはおやめくださいまし」

「…………師匠の王女は私、ていうか王女だし」

「確かにあなたは一応ロクジョウ王国の王女ですけど！　だからってつぶしが効く風に言いなさんなですわ！」

フィロの参戦にロイドは思わず唸ります。

（まさかの三つ巴《みどもえ》の展開に⁉　味方だと思っていたフィロさんの裏切り、これが知謀……政略に必要なことをこうやって培うのか！）

彼は王政をなんだと思っているんでしょう。誰もツッコむことなくロイドは脳内でグングン勘違いを進めていきます。

（フィロさんはロクジョウの王女様、その立場だけに飽き足らずアザミ王国の王女様の二冠達成を目論《もくろ》んでいるんだ！　凄いっ！　……のか？）

おっとさすがの彼もこの不可思議な流れに気が付いたようですね。

ロクジョウ王国とアザミ王国の王女を兼任する……天下り官僚でもできないウルトラCな就任に疑問符を浮かべるロイド。

そして一個でもおかしく感じると他《ほか》のこともおかしく思い始めるのが人間というものです。

特にロイドは流されやすいタイプなので……王女バトルロイヤルがいきなり勃発したこと、セレンが急に王女を狙うと言い出したことをおかしいと思い始めます。

「うん……おかしい、今までそんなそぶり見せたこともないし、ていうか強い人が統治するって、王様そんな強そうじゃないし……」

まぁ積み重ねや前振りって大事ですよね。いきなり感動のシーンやら成長のシーンやら見せられても視聴者はついていけないでしょう。何事《なにごと》もはしょりすぎはよろしくありません。

勘違いに流され続けないロイドの成長具合が垣間《かいま》見えたところで、はしごを外されたリホも落ち着きを取り戻したようです。

「ていうかロイド……さっきからちょくちょく王女様って言うけどなんだよそれ」

ちょっと不機嫌なリホにロイドはたじたじです。思いっきり上げて落としましたからね、彼女がむくれるのも分かります。

「えっと……本当にリホさんがアザミの王女様じゃないいんですか？　魔法が得意で、そして口が悪いけど根は優しいって聞いたんでてっきり……」

ロイドの弁解に、セレンとフィロもようやく彼の言う王女様が「僕のお姫様」ニュアンスでないことに気が付き、戦闘モードを解除しました。

「どういうことですの？」

「……つまり、本当に王女様を探していた？」

「なるほど、魔法が得意は確かに頷けますわ」

「……口が悪いけど根は優しいも頷ける……この前迷い猫に餌あげて……なつかれたら飼い主さんが登場して抱きかかえて……嬉しそうな寂《さび》しそうなそんな表情だった」

謎《なぞ》の目撃情報にリホは慌ててフィロの口を止めようとします。

「っておい！　そこ掘り下げるんじゃねーよ！　こっぱずかしい！」

「そうやって点数を稼ごうとしていやらしいですわねリホさん」

リホはコホンとわざとらしく咳《せき》ばらいをして一回リセットし、ロイドに向き直ります。

「でだ、勘違いした理由は分かったとして……今になってなぜ王女様探しをしているんだ？」

「いやそれは……まだ言えません。ちょっと色々ありまして」

歯切れの悪いロイド。まぁそうですよね、王女様を傷つけないようにお付き合いをお断りするために探しているなんて相手のことを考えたら言えませんよね。

ジト目を向ける三人娘は取り調べ室のような雰囲気を醸し出し、その急先鋒《きゅうせんぽう》たるセレンが口を開きます。

「まぁロイド様がそうおっしゃるのなら不問にいたしましょう」

急に手のひらを返した彼女に残りの二人が異を唱えました。

「おいセレン嬢」

「……気にならないの？」

セレンは分かってますよ的な微笑《ほほえ》みを二人に向けました。何でしょう、ちょっと鼻につきますね。

「ならないと言ったらウソになりますが……私はロイド様を信じていますから。大丈夫ですわよねロイド様」

ロイドはこくこくと首を縦に振りました。

「はい大丈夫です！（アザミ王国を）裏切るような真似《まね》はしませんから」

「ほら、（私を）裏切らないとロイド様がおっしゃっておりますし」

どことなく温度差を感じるリホとフィロ。

「……若干《じやっかん》のずれを感じる」

「まぁ勘違いするのは二人の得意分野だからな」

「その、リホさん、誤解してしまって本当に申し訳ございませんでした」

「お、おう……ま、気にすんな」

ロイドはごめんなさいと何度も頭を下げて、その場を後にしました。

さて、デートでなかったことをちょっと残念がるリホはまだ王女探しの件が引っ掛かっている様子です。

「もしアタシが王女様だったら、なんだったんだろうな……あの感じ……」

絶対に色恋沙汰だ。そう言いかけた彼女は口を押さえ、邪念を払うように頭を振りました。

「どうしました、まさかロイド様との妄想に浸《ひた》っていらっしゃるとか？」

「なわけねーだろ、セレン嬢じゃあるまいし」

「……どうだか」

この三人が「王女とロイドが付き合うかもしれない」という事実を知ったときどんな顔をするのでしょうか、乞《こ》うご期待です。


ロイドがレストランから帰宅し、ようやく一息つけるかと思った矢先のことです。

「おかえりッッッ！」

玄関を開けたらそこには、鬼の形相のマリーが仁王《におう》立ちで待ち構えていました。

「ただい……マリーさんッッッ⁉」

まるで朝帰りした夫に対する妻の構え。出かけるときは特段おかしな雰囲気はなかったのにとロイドは首を傾《かし》げるのでした。

一体どういうことなのか……時間を少し前に戻しましょう、本日二回目ですがお付き合いください。

ロイドはリホとの約束のためいそいそと着替えて出かけようとしていました。

マリーはこんな時間に、それもビシッと決めて……と彼の行動を訝しげに見やります。普段自分の服装など気にも留めない彼女ですが他人の服装には敏感なんですね。

「どこ行くのロイド君？」

「い、いえ……ちょっと食事に。あ、新しい料理を研究するためです」

若干早口になるロイドを彼女は見逃《みのが》しませんでした。彼が出ていくと同時に情報収集を開始。

ノースサイドのちょっと良さげなレストランに女の子と消えたという情報を仕入れ、仁王と化して待ち構えていたわけなのでした。

「この町……いえ、この国には私の目がたくさんあるということを忘れてもらっちゃ困るわね」

主に酒屋や酒場のおっちゃんやおばちゃんたちの井戸端会議ネットワークですが――というわけで、申し開きを沙汰するような状況。特別に悪いことをしているわけでもないのに御白州《おしらす》に座らされた罪人が如《ごと》く申し訳なさそうにしていました。

「さてどういうことかしらね、夜の街にしけこむなんていつの間に悪い子になったのかしら」

「えと、実は――」

ロイドはイーストサイドの情報通、そしてアザミ王国の英雄……こっちは勘違いですけど、に凄まれてたじたじです。

誤魔化《ごまか》しがきかないと察した彼は諦《あきら》めてマリーに件《くだん》の王女様の話を伝えることにしました。

王様が王女とロイドをくっつけようとしていること、舞踏会でダンスを踊ってもらい大々的にお城に王女が帰還することをアピールしようとしていることをです。

「聞いてないわよあの親父」

「え？」

「……いえ、続けて」

その王女様ご本人のマリーは予想外の話に思わず声が上ずりました。

「びっくりするのも無理ありませんよね……もし王女様とそういうことになったら、相手のこともありますし、僕はこの雑貨屋にいられないでしょう……」

隠し事はできないとロイドは最後まで包み隠さず白状しようとします。

「――というわけでどんな人か知りたくて色々探っていたんです。王女様と舞踏会で踊る前にお会いして……」

そこまで聞いたマリーは「父グッジョブ！」やら「勝手にもぉ！」という喜びと憤りがないまぜになった複雑な感情になっていました。

（でもロイド君が王女様を意識するなんて……まぁ顔も知らない人から好きだと言われたら、しかもたとえるなら社長の娘ポジションだもんね）

意識するのも無理ないかとマリーは大納得するのでした。

「それで、僕なりに調べたんです。ある情報筋によると「魔法が得意」「口は悪いけど根は優しい」と聞きまして」

「口が悪いって誰だオイ」

「え？」

「……いえ、続けて」

　あながち間違っていないですね。

「とまぁ、そこまで調べたんです。そして検討に検討を重ねた結果……」

「うんうん」

「僕、王女様はリホさんだと確信して、それを確認すべくお話ししようとしたんです」

「なんでやねん」

　即ツッコむマリーさん、まぁご本人からしたら誠に遺憾《いかん》なんでしょうね。

　ロイドは「何故西方の訛《なま》りを……」と困惑しつつ最後まで説明します。

「本当に王女様だったら粗相のないようちゃんとしたお店でお話を伺おうとしまして……」

「で、その疲れよう。最終的にセレンちゃんたちあたりに引っ掻《か》き回されて帰ってきたというわけね」

「ご明察です、結局リホさんは王女様じゃなかったですし……振り出しですよ」

　そこまで聞いたマリーはふむと思案します。

「私だと思わないのはしょうがないか、近すぎるから。灯台下暗し《とうだいもとくら》というもんね」

　その灯台、灯りがついていないので元も何もないと思いますが。普段から王女とはかけ離れた生態であるということをスルーしているマリーさんは謎の理屈で自分を納得させたのでした。

「理由は分かったわロイド君。とりあえず悪いことはしていないわけだし許してあげるわ」

「あ、ありがとうございます」

「で……王女様のことどうするの、付き合う気でいるの？」

「いえ、断ろうかと思っています……」

「え、もったいないわよ。王女様よ王族よ。私だったら即入籍するわ。あくまで私見だけど」

なかなか悪ですねこの人は。私見というか私利私欲ですよねマリーさん。

「でもそしたら……いえ、とりあえず着替えてきますね」

なかなか煮え切らないロイドは言葉を濁して部屋へと戻っていきました。

去り行くロイドの後ろ姿を見てマリーは唸ります。

「まぁ王女様と結婚なんてロイド君にはプレッシャーにしかならないか」

うーん果たしてそれだけなのでしょうか、何かそれ以外に理由がありそうですが。

「私が王女様だと知ったらどうするんだろう……まぁとにかく、この件を恐らく知っていて教えてくれなかったクロムを問い詰め、事の経緯と全貌を解き明かさないと」

クロムさんご愁傷様《しゅしょうさま》です。

とまぁマリーは自分とロイドの仲が進展するかもと期待に胸を膨らませ、鼻の穴も膨らませ、クロムを問い詰めに夜道をダッシュで駆け抜けるのでした。

はい、というわけでこちら夜中にマリーに問い詰められて疲労困憊《こんぱい》のクロムさんです。朝から仕事だというのにアレやコレや問い詰められて寝不足モードでのご出勤、ちなみにマリーの雑貨屋はいつも開店休業なので今頃《いまごろ》二度寝の爆睡でしょうね。

「コラまぁ相当お疲れやなぁクロムさん」

「分かるかコリン」

「目の下のクマさんが物語っとるで、死にそうやねんってな……何が起きたん？」

クロムは淡々と、王様が考案した舞踏会の計画と、マリーに襲撃された件について語ります。

声音は完全に被害者のトーンでした、モザイク入れたら完全にワイドショーですね。

「うっわ、そんなこと計画していて！　しかもバレたん⁉」

「うむ……一言言ってくれただの心の準備がだの夜中に叩き起こされて散々なじられた」

「あぁ一応ウェルカムなんや、そこは良かったな。王女様はあと一押しが欲しかった、と」

「反対なんぞされていたら王と王女の板挟みで折衷案《せっちゅうあん》を考えたりしなければならんかったからな。想像しただけでも気怠《けだる》くなる……」

たとえるなら本社の方針とパートさんの意見が食い違い、なんとか納得してもらおうと奮闘する小売店店長のポジションでしょうか。マニュアルを押し付け効率化を優先する意図も分かれば店によって仕事の流れが異なるというパートさんの意図も分かる……なんとも損する中間管理職といったところですね。

そんな疲れ切ったクロムの元へ上級生のミコナが現れました。何やら資料らしきものを抱えております。

「お疲れ様ですクロム教官、頼まれていた資料を持ってきました」

「あぁ、ありがとう」

力なく受け取るクロムをミコナが心配します。

「お疲れのようですが大丈夫ですか？」

「あぁ、大丈夫だ。ちょっと他人の家族問題に巻き込まれてな」

「そうですか……ではちょっと質問が。私は今アザミ王国の王女様を探しているのですが何かお心当たりはございませんか？」

実にタイムリーかつアレな質問にクロムは嘆息《たんそく》交じりで聞き返します。

「はぁ、いきなり何でまた……」

「色々事情がありまして……早急に居所を突き止めたいのですが」

鋭い視線に危険を感じたのかクロムはうまく誤魔化そうとします。

「いや、知らん」

「本当ですか？　元近衛《このえ》兵のクロム教官が？」

さらに険しくなるミコナの眼光に、たまらずコリンが助け舟を出しました。

「まぁ王様からしたら年頃の娘の居場所を、こんな角ばった男に教えたくないやろ。王以前に父親として当然やわ」

「確かに男親ならそうかもしれませんね」

納得するミコナにクロムは思わず「元近衛兵長だぞ」と反論したくなりますがぐっとこらえます。

「とうぜんウチも知らん、アバドンとか前のようなことがあるから信頼できる場所に預けているんちゃうか？」

ミコナは上手に嘘をつくコリンにちょっと訝しげな顔を見せますが……

「なるほど失礼しました」

これ以上追及することなく、一礼すると職員室から退室したのでした。

一難去ったクロムの目の下のクマが一層濃くなっていました。

「次から次へと……いったい何が起きたっていうんだ？　ギルドの件もあるのにこれ以上問題は抱えきれんぞ……」

「せやな、今一番クロムさんが頭を抱えるべきは海運ギルドの件や。やっぱ舞踏会参加はアカンか？」

頭抱えるのは俺《おれ》だけかよという視線を一瞬送るクロムですが疲れたのかツッコむことなく話を進めます。

「あぁ、手紙を出しても一向に返事がこない。責任を感じているメルトファンが直《じか》談判に行くとか言っていたな」

　メルトファンと聞いてコリンは神妙な顔をします。

「そか……なぁクロムさん、なんで海運ギルドはそこまでアザミ軍に非協力的なん？」

「ん？　あぁ……」

「アバドンの件は関係ないゆーてたやん、何もメルトファンが責任感じて頭下げに行かんでも」

クロムは職員室に他の教員がいないことを確認するとコリンに真実を伝えます。

「実はだな……海運ギルドの長、フマル・ケットシーフェン氏は元軍人で王様とは親友だった……そこまでは知っているな？」

「あぁ、人づてに聞いたことはあるで。歳《とし》が近くてよくつるんでモンスター討伐に行ったりお忍びで街に繰り出したりしたそうやないか」

　コリンの言葉から、アザミ王とフマルは親友というより悪友に近い間柄だったことが窺えます。

　クロムは「あぁ」と短く答えると、他言無用と強調して話を続けました。

「そうだ、この前お前たちと話していて俺も気になったんで、たまたまアザミにいらしていた先代近衛兵長コバさんから事情を聞いてきた……そしたら驚くべき事実が発覚した」

「興味そそる語り口やなクロムさん、弁士になれるで」

　身を乗り出すコリンにクロムは物語を聞かせるようにゆっくり話し出します。

「そう、とても仲が良かった……王族と叩き上げという立場でありながら馬が合ったようだ、だからだろうな」

「だからだろうって……どしたん？」

そしてクロムは核心を語りました。

「そう、馬が合った。おそらく女性の趣味も一緒だったのだろう、二人は同時に同じ人を好きになってしまったようだ」

「え？　まさかそれで⁉」

「いや、それが直接の原因ではない。俺の聞いた話じゃフマル氏は自分の立場を考え、王に譲ったと聞く……その女性も「長い人生、せっかくだから王族になってみるか」と言ってアザミ王と付き合いそのまま結婚、王妃になったのだ」

「せっかくだからって……そんなんアリなん？」

「こら王妃様だぞ、悪く言ってはいかん。まぁ奔放な方だと聞いている。そしてやがて王女マリアさまが生まれ、フマル氏も祝福していた……が」

「どうしたん？」

「その後、マリア様が生まれてから王妃は失踪《しっそう》した」

のっぴきならない「失踪」という言葉にコリンは椅子から落ちそうになります。

「失踪て⁉　一大事やん⁉　お亡くなりになられたと聞いとったで……」

「どうやら「遠くへ旅立ちます、今までありがとう」と書き置きを残して出て行ったそうだ」

「自殺とも取れるなそれ……ちょっとそれはただごとやないわ」

クロムは神妙な顔でコバから聞いた当時の話を続けます。

「うむ、王様も必死になって探したそうだ。コバさんも責任を取って近衛兵長を辞め、各国を渡り歩いて商売をしながら王妃を探しておられた……ホテルのオーナーとなった今でも王妃の行方《ゆくえ》を探しておられる」

「はぁ、そうやったんか……近衛兵長辞めてホテルのオーナーなんておかしいと思っとったで」

「アザミ軍という立場では探せないこともあるからな……それはフマル氏も同じだった」

元軍人が何故海の男になったのか、ようやくつながったコリンは合点《がてん》がいった顔をします。

「フマルさんそれで軍を辞めたんか」

「あぁ、自ら譲った女性がよもや自殺ともとれる書き置きを残し失踪……王に対する悔しさや憤り、自分に対する歯がゆさ……想像に難《かた》くない」

「もし自分と結婚してたらこうはならんかったかも……そう思ってしまっちゃたまらんやろな」

「ほどなくしてフマル氏は自分の信頼できる部下を引き連れて軍を辞め、海運ギルドを立ち上げた……コバさんと同じく王妃を探すためだ。たたき上げの実力者とその部下の力で海運ギルドは瞬く間に大きくなったそうだ」

「そんなことがあったんか……人に歴史ありやな――ウン？」

コリンが唸っている時、廊下の方からガタンと音がしました。

「なんや今の音」

「ふむ、人の気配はない、何か落ちた音だろう……」

振り向いて人の気配がないと確認し、安心します。

「そしてアバドンの件で王が取りつかれてしまい王女マリア様も失踪、二人の関係はさらにこじれ、以来交流はなく現在は取り付く島もないというわけだ」

「舞踏会はマリア王女が元気っつーことをフマルさんに見せたいのもあるんやろな」

「元気も元気、昨日もうるさかった……会話の途中ロイド君と婚約できるかもって妄想が始まり我に返ってまた一からお説教……負のループだった」

「まぁ好きな人と婚約できるかもしれんとはいえ、今の生活を捨てさせられて城に戻る計画を勝手に立てられちゃかなわんやろな。文句の一つも言いたくなる。二年も住んどったらご近所さんとも親しくなるし」

「とりあえず海運ギルドに関して今はメルトファンに任せるしかない、王妃様の安否が分かれば話も変わるんだろうがな。さて……」

そろそろ仕事だと立ち上がるクロム。コリンも伸びをして資料などをまとめ始めます。

「しっかしさっきの音、何かが落ちた音とは思えんのやけど……誰かが聞いていた？　まさかな」

コリンはそう独《ひと》り言《ご》ちながら席を立ち、授業へと向かいました。

さて二人が込み入った話をしている最中、しっかりと盗み聞きをしていた人物がいました。

「海運ギルドのフマル氏が王様と親友だった……」

ミコナです。ロイドと王女様をくっつけるためなら……いえ、マリーとロイドを引き離すためならエンヤーコラなこのお方は気配を絶ち聞き耳を立てていたのでした……魔王アバドンの力とトレントの苗によるハイブリット能力のおかげでツタを伸ばし、わずかな空気の振動を感知して声を拾っていたようです。人間性も倫理観もとっくに捨てていますね。

彼女は腕から伸ばしたツタを掃除機のコードのようにシュルルと体に収納すると、にんまりと笑います。

「何か知ってそうな雰囲気だったから聞き耳を立てていたけど……ハッ！　もしや！」

ミコナは今聞いた会話を整理して仮説を立ててみました。

「王女を安全な場所で保護するため一時的に海運ギルドに預けたのかしら。好きだった女性の子供だもの、多少仲が悪くても受け入れるでしょう。海運ギルドは基本海の上で国から国を行き来するから追跡は困難……考えたわね王様」

すごい、全部外れています。

謎解きを終えたミコナは一仕事終えたかのような爽快な顔で空を仰《あお》ぎました。

「まぁ仮にこの仮説が間違っていたとしても骨を折るのはロイド・ベラドンナだし。さぁ早速伝えに行くわよ！　全てはマリーさんと私の未来のために！」

ただそのマリーさんが王女なんですけどね。

とまぁ全てがズレにズレているミコナはルンタッタと軽妙なスキップでロイドの元へと向かうのでした。大事な話を聞き逃してしまったことにも気が付かず……

最後まで聞き耳立てていたらこんな勘違いはしなかったのかもしれませんね。

はい、そして時を同じくしてロイドサイドです。「リホと夜のデートか?」という、すったもんだのひと騒動から一夜明け、一同は妙な空気になっていました。

ただ一人その騒動のことを知らないアランは不思議そうに皆を見つめています。

「どうしたんですかロイド殿？　お前らもなんだその動きは」

セレンとフィロはSPのようにロイドの前後に立ち、リホから彼を守るようなムーブをしています。

「念のため距離を取らせているんですの……ヒトヨンマルマル、異常なし」

「……異常なし、オーバー」

この状況にリホは机を叩いて憤慨します。

「異常アリだろコラ！　なんだアタシを不審者扱いしやがって！」

「こちらセレン、自分を王女と勘違いしている不審者を発見、警戒すべしですわ」

「……了解、自分を王女と思い込んで……一線を越えないよう警戒するオーバー」

可哀《かわい》そうな人間を見る目のフィロにリホは「こいつらぁ」と怒り心頭です。そんな三人娘をアランは冷めた目で見ていました。

「ロイド殿も大変ですな」

「いえ、事の発端は……ていうか原因は僕にあるので」

「ロイド様！　私はいつでもあなたの王女様になる覚悟はできていますわ！」

「……いつでもラブレタープリーズ」

何となくいつものボタンの掛け違いにセレンが暴走、フィロもそれに追随したと察したアランは達観しています。

「改めて言わせてください……ロイド殿も大変ですな」

アランがロイドに同情の眼差しを向けた、そんな折です。

「あら、いつもの面々そろい踏みかしら、仲いいわね相変わらず」

ルンタッタスキップでミコナが現れました。

「どうしましたかミコナさん、ルンタッタスキップで登場なんて何かいいことでもあったんですの？」

「……ルンタッタスキップって市民権得ているの？」

ストーカー同士通じ合っているセレンとミコナにフィロが小声でツッコみました。

フィロのツッコみなど華麗にスルーし、ミコナはロイドの肩をガシッと摑《つか》みます。

「まぁそんなところね、悪いけどロイド・ベラドンナ借りていくわよ」

「ええ、リホさんから引き離していただければ問題ありませんわ」

「……期日までに返却希望」

「ロイド・ベラドンナ関係でまた何かあったのねリホ・フラビン」

すぐさま察するミコナさん、彼女も随分染まってしまったようですね。

「ミコナさんに同情されるなんざなぁ……」

「ちょっとどういう意味よ……っとそんな暇はなかったんだった、とにかく借りていくわ」

「え、ちょミコナ先輩⁉」

彼女はロイドを抱え、颯爽《さっそう》とその場を後にするのでした。

そして数分後、ほぼ拉致《らち》状態のロイドは学校内の階段の踊り場に下ろされ、ベンチに座らされました。

「み、ミコナ先輩どうしたんですか⁉」

「どうしたもこうしたもないじゃない、例の王女様探しの件よ」

自ら探してあげると言っておいて感謝しなさいと言わんばかりのこの態度、さすがミコナさんですね。

「あ、ありがとうございます」

そんな彼女にすらお礼を言っちゃうロイド、本当にお人好しですね。

「そ、それで見つかったんですか？」

「いいえ、ただ有力な情報を得たわ」

「有力な情報⁉」

驚くロイドを見てミコナはしたり顔です。

「ええ、海運ギルドって知っているかしら——」

そこでミコナは盗み聞ぎした情報をロイドに伝えます。時に「と思うわ」や「多分」といった憶測や独自見解を交えながらあたかも確証があるかのようにそれっぽく伝えます。

「海運ギルドがかくまっている可能性が高い……ですか」

「ええ、ほぼ確実ね」

言い切りましたねこの人。恐らく自分で憶測を交えつつ語っているうちに真実だと思い込んでしまったのでしょう。

「調べる価値はありそうですね、どこに行けば会えるんだろ……」

「うーん、そこまでは調べていないわ。もう少し時間をもらえるかしら？」

「いえ、ありがとうございました。ここから先は自分で調べてみます」

「そう、分かったわ、私は引き続き調査するわね」

男前に立ち去ろうとする彼女をロイドが呼び止めます。

「あの、ミコナさん」

「何よ」

「色々とありがとうございました」

「………自分のためよ、あと」

ミコナはふぅとため息をつきます。

「頼りない後輩のため骨を折ることも先輩の務めよ……まぁ最近は多少頼りがいが出てきたみたいだけどね」

先輩に褒められ、ロイドは無邪気に喜びます。

「ッ！　ハイ！　ありがとうございます！」

ちょっといい話のようになっていますが海運ギルドに王女様はいませんしミコナは私欲のために動いていますので、あしからず。

「じゃ、頑張りなさい」

手を振って去り行くミコナの背中に、ロイドはもう一度感謝するのでした。

「海運ギルド……うーん、そだ！　冒険者ギルドの方に聞いてみよう！」

ロイドはそう決めるとセレンたちのお昼の誘いを断り冒険者ギルドの方に足を運ぶのでした。

そしてこちらはロイドにお昼のお誘いを断られたセレンさんです。

「ロイド様が私のお誘いを断るなんて……」

「……そんな日もあるさ」

落ち込むセレンの背中をフィロが撫《な》でてあげます。

「ま、気にすることないんじゃね？　用があるって言ったんだからよぉ。ここは傷心を癒《いや》すためアランのおごりで飯を食おうぜ」

「ちょっと待て！　俺が傷心になるわ！」

脈絡のない搾取《さくしゅ》にツッコむアラン。そんな彼の前にメルトファンが現れました。

「相変わらず騒がしいなお前らは」

いつものフンドシ姿ではなく……それがいつもなのも結構な問題ですが……ビシッと軍服姿で決めています。

「お、メルトファンの旦那、昼飯っすか？」

「あぁ、一仕事前に腹ごしらえと思っていたが……それがどうかしたか？」

「……グッドタイミング」

リホとフィロの雰囲気からメルトファンは色々と察し「やれやれ」と嘆息します。

「おごれということか。どうせ断ったらアランの財布にダメージがいくのだろう……まぁいいだろう」

快諾《かいだく》を得たリホは「やりぃ」とガッツポーズです。

「うんまい飯を頼んますよぉ」

「悪いが用事があるから豪勢なものは期待するなよ……味は保証するがな」

アランはいつもと雰囲気の違うメルトファンを見て何かあるのか聞いてみました。

「用事ですか、どこか物々しい雰囲気ですが。モンスターの討伐とかですか？」

メルトファンの顔を不安そうにのぞき込むアラン。まだちょっとモンスターが苦手のようですね。

彼はアランの顔を覗くとフッと笑います。

「アザミ軍のホープともあろう者が、ずいぶん弱気な発言だなアランよ。なに、ギルドの方に顔を出すだけだ、勉強のためについて来るか？」

モンスター討伐ではなくてほっとするアラン、おごってもらったから手伝えと言われたらモンスターが未だ苦手な彼には全力で断りたい案件だからです。

「ギルドですか、それなら」

「何ホッとしているんだよアランさんよ、まぁタダ飯食えるんだったら顔出すくらいなら付き合いますよ」

ただという言葉に突き動かされる守銭奴のリホ。そんな彼女にフィロがボソリと呟きます。

「……タダより高い物はない」

彼女の発言にリホは持論を展開します。

「何言ってんだよフィロ、タダを信じろ、タダを信じる者は救われるんだぜ」

新手の宗教的な発言ですね。これにはあのセレンさんも呆れ気味です。

「こうなったらリホさんは話を聞きませんわよ」

「まったく守銭奴な元傭兵《ようへい》が……」

アランさん、あなたこの前照明で我を忘れていましたよね。

「決まりか？　なら行こう……いい経験になるぞ」

「いい経験っスか？　そんなうまい飯おごってくれんスか⁉」

タダ飯にテンションＭＡＸのリホさんでした——この後後悔することも知らずに。


そして同時刻。ロイドは冒険者ギルドの方に足を運んでいました。

海運ギルドのギルド長、キャプテン・フマルことフマル・ケットシーフェンへのアポの取り方を聞きに出向いた彼は、厳《いか》つい門をくぐって受付に顔を出しました。

「あの、ちょっとお尋ねしたいんですけど」

「あんだぁ？　道案内なら他所《よそ》へ——ヒィ！」

頬《ほお》に傷のある、いかにも修羅場の一つや二つはくぐっていますす系の冒険者はロイドの顔を見て顔面蒼白《そうはく》になりました。軽く悲鳴をあげちゃっていますね。

「ろ、ロイドさん！　何か御用ですかい！」

どうやら先日の吹き飛ばし事件を目撃してしまったうちの一人でしょう。とんでもないビビりようです。

「あの、ギルド長さんに聞きたいことがありまして……今お時間大丈夫ですか？」

「だ、大丈夫だと思います！　時間作るよう説得しますんで！　ええ、絶対！　では、しばしご歓談をッ！」

歓談する相手もいないのに妙なことを言って風のように階段を駆け上がる受付冒険者。ビビりすぎておかしな言動になっていますね。

そんな彼は息せき切って階段を転げ下り、ロイドを超ＶＩＰな来賓《らいひん》であるかのように案内し始めました。転んだ人間に「お足元お気を付けください」と言われ、ロイドも内心「あなたがですよ」と苦笑いでツッコみます。

そして招かれるは最上階の例の事務所。板張りの道場のような空間に組事務所のような応接スペースがしつらえてあるこの空間には前回同様、厳つい冒険者たちが待ち構えていました。

ただ前回と違うところは――

「お疲れ様です！　ロイドの兄貴！」

その冒険者たちがメンチを切らず膝《ひざ》に手を当てて腰を少し落とし、頭を下げて出迎えてきたことです。その中央にいる冒険者ギルド長代行カツ・コンドウ氏も膝に手を当て、仁俠《にんきょう》映画のように深々と頭を下げていました。

「お疲れ様です、ロイドの兄貴」

「兄貴ってそんな……」

そりゃ困惑もしますよね、明らかに堅気《かたぎ》ではない風体の年上（カツに至っては四十代後半）に兄貴呼ばわりされたのですもの。

カツは深々と頭を下げすぎてずり落ちる黒縁メガネを直しながら「言わせてください」と力強く言い切りました。

「あの後ギルド長からロイドの兄貴の逸話が全て本当であると聞かされまして、見抜けなかった自分が本当に情けないです！」

「そんな、逸話だなんて……」

ロイドにしたら故郷のコンロン村の住人なら当たり前にやれそうなことをやっているだけですからね。

手を振って謙遜《けんそん》する彼にのんきな声がかけられます。

「調べたよ～ロイドく～ん」

ソファに横たわりながら新聞を読むかのように膨大な資料を読み漁《あさ》っているリンコがそこにいました。

彼女は「よっこらせ」と起き上がり、伸びをしながら手にした資料の一つを読み上げました。

「ロイド・ベラドンナ。今年、アザミ軍士官学校に特別編入。特技は料理や掃除など家事全般。イーストサイドに住んでいて住人や裏路地、果ては闇市《やみいち》の人間とまで親しい。イーストサイドにとどまらずアザミ全域、主に飲食店や商人などから絶大な信頼を得ている。得意の家事と柔和《にゅうわ》な人柄で信頼を勝ち取った模様……」

そこまで言ってリンコは別の資料を読み出します。

「噂《うわさ》ではあるが、とんでもない実力を秘めているかもしれず、学生魔術大会では相手の自滅と言われているがとてつもない魔法を放ったとの情報もある。また聖剣を抜いたとかトレントの違法栽培関連の事件も彼が解決した……エトセトラっと。ま、きっと本当なんだろうね」

「え、聖剣抜いたとか知りませんけど」

リンコは「自覚はなしか」と苦笑してロイドの方を見てニカッと笑います。

「ここ十数年のアザミ王国の動向を調べていたらさぁ凄いねー、最近の事件やイベントの目白押しっぷりときたら」

そしてロイドを指をさして口角を吊《つ》り上げます。犯人を告発する名探偵の如くです。

「その中心人物が君だろうと思ったら予想通りだったよ。いやぁリンコさん名推理」

「イベントっていうのはよく分かりませんが色々ありましたね。おかげで成長できたと思います」

「ん～強さに自覚はなくとも真っすぐな少年だ、ますます気に入ったよ」

よく分からず「ありがとうございます」と一礼するロイド。彼を見て何か思うところでもあるのかリンコは聞こえないくらいの声で独り言ちました。

「身辺整理が終わったら例の計画を推し進めるか……」

妙なことを口にした後、彼女はロイドがここに来た理由を問いかけます。

「で、今日は何の御用かな？」

「実はですね、海運ギルドについてお尋ねしたいことが……ギルド長のキャプテン・フマルさんにはどうやったらお会いできますか？　冒険者ギルドの方なら知っているかと思いまして」

隣にいるカツ代行が「マジっすか」と神妙な顔つきになります。

「そりゃまた難儀な……アザミ軍を目《め》の敵《かたき》にしている方じゃないですか」

「有名なんですか？」

「この界隈じゃ有名ですよ。フマル氏のアザミ軍嫌いは、なんせ――」

何かを言いかけたカツ代行の肩をリンコが俊敏な動きで叩きました。

「カッチン、おしゃべりが過ぎるなぁ」

結構な力で肩を揉《も》んだようで、カツ代行は身をよじらせて謝罪します。

「す、すいやせん」

そのやり取りに小首を傾げるロイドでしたが深くは追及しませんでした。

涙目のカツ代行が仕切り直して話を続けます。

「イチチ……基本海の上で色んな国を行ったり来たり、場所が割れても正直アザミ軍の方がアポなしで会うのはハードルが高いと思いますぜ」

「どこにいるか分かってても門前払いというわけですか」

肩を落とすロイドにリンコが尋ねます。

「でしょうねぇ、ところでどうしてキャプテン・フマルに会いたいのかな？」

「僕、王女様を探していまして……アザミ王となじみの深いフマルさんなら知っている、もしくは預かっているかもと耳にしまして」

「王女か……何の因果か奇遇だねぇ。魔王に憑《つ》かれたルークに愛想《あいそ》つかせて勝手にフマルが保護している線も考えられるか……カッチン」

リンコは「なんとかしてあげて」と目配せします。カツ代行は無言で頷くとロイドに有益な情報を提供します。

「だとしたら、まずサウスサイドに行ってみるといいですよ」

「サウスサイドですか？」

「ええ、フマル氏は世界中を股にかける海運ギルドの長。つかまえるのは困難だと思います。ですが海運ギルド員は毎日何かしら荷下ろしをしているハズです。波止場に一番近い酒場辺りを当たれば下っ端くらい捕まえられるかと思いますよ」

「アフターファイブの酒場……そこで海運ギルドの方にお願いしてフマルさんに会わせてもら

えばいいと」

「一筋縄ではいかないと思いますがロイドの兄貴なら大丈夫でしょう、ご武運を」

「カツさん、ありがとうございます。リンコさんも」

リンコは手をひらひらさせて笑いかけます。

「いいってことよ、もし王女様が見つかったら教えてね。私も野暮用《やぼよう》があるからさ」

ロイドは「分かりました」と柔和な笑みを向けると、一礼して去っていきました。

「手がかりはつかめたぞ！　サウスサイドの酒場なら顔見知りの人がたくさんいるから見つけられるかも！」

事態が進展したロイドは跳《は》ねるように冒険者ギルドを後にしました。

去り行くロイドを最上階から見下ろし、微笑んでいるリンコにカツ代行が話しかけます。

「しかし、フマル氏のところに王女様がいるとは思えませんが」

「決めつけるのは良くないよ。まぁそれとフマルのところに彼を送ったらどうなるかって思ったら笑えてくるじゃないか」

稚気溢《ちきあふ》れる笑みを浮かべるリンコ。友人にびっくり箱を渡すようなそんな顔つきでした。

さて、場面はメルトファンたちに切り替わります。

　ロイドが冒険者ギルドで聞き込みをしている時、リホたちはメルトファンのおごりで昼飯をかっ食らっていました。

「有機野菜をふんだんに使った土鍋炊きの店だ、夜は居酒屋で少々お高めだが昼はお手頃ランチを提供してくれている」

「ウメー！」

「特にレンコンがサクサクしていて味付けも白出汁《しらだし》をきかせた上品な――」

「……うまし」

　みんなおごってもらうんだから解説ぐらい聞いてあげましょうよ。

　そんな彼にセレンが土鍋炊きのご飯に魚卵の辛子漬《からしづ》けを乗せてパクつきながら尋ねます。

「でもいいんですの？　お手頃とはいえこの人数だと結構なお値段ですが。アランさんだけでも自腹にした方が……」

「ムゴッホッ！　なんつー提案しているんだお前は」

　シンプルに卵かけご飯にして土鍋炊きをほおばるアランは突飛な提案にむせながらツッコみます。

　メルトファンは意味ありげに微笑みお茶をすすりました。

「あぁ、これから行く場所が場所だからな、戦《いくさ》の前の食事くらいちょっぴり豪勢にいきたいものだろう」

「戦って……どこかのギルドに行くだけですよね……そんなヤバいギルドって……もしや⁉」

問いかけながら気が付いてしまったリホは思わず声を上ずらせてしまいました。メルトファンも小さく頷きます。戦の前の男のような顔つきで。

「あぁ、海運ギルドだ」


はい、というわけで一同は昼食後、海運ギルドの運営する倉庫の方に足を運びました。

大きな木箱や積み荷、そして怒号がひしめく中をアザミ軍の軍服を着た彼らが歩くと鋭い視線が刺さります。

「な、なんですのこの圧力は……冒険者ギルド以上に歓迎されていませんけど」

「……仕事中を邪魔されたって感じでもない」

「なんでこんなに敵視されているんだ俺たちは！」

「アザミ軍とは仲悪いって聞いていたけどここまでとはな」

狼狽えている一同の元に一人の海運ギルド員が現れました。シャツに動きやすいボトム、頭にターバンを巻いていてまさしく海の男といった風貌です。

「アザミ軍の方が何の用で？」

凄む彼にメルトファンは臆せず答えます。

「アザミ軍農業特別顧問メルトファン・デキストロ。アポイントはとってある、フマル・ケットシーフェン氏にお取り次ぎ願いたい」

　男は気怠そうに返事をすると奥の倉庫へと案内しました。

　雑多な荷物が山積みになっている大きな倉庫内は、通気口から差し込む光だけで非常に薄暗く、まるで映画でマフィアが尋問したりするシーンで見かけるような場所でした。

　特に悪いことはしていないのに尋問されるんじゃないかと士官候補生たちはおっかなびっくりな表情です。

　その中央の木箱に腰を掛けて腕を組んでいる初老の男性がいました。

　白髪を赤いターバンでまとめ、鋭い眼光に独特のたたずまい……動きやすさを重視したブーツに丈夫そうな羽織を一枚着こんでいてまさに「船長」といった出で立ちでした。ただ、見ようによっては海賊とも思えますが。

「あの方がギルド長さんですの？」

「あぁ、キャプテン・フマル……アザミの貿易を支えている大物だ。あの人がいなくなったらアザミが傾くとまで言われているぜ」

「……そして隙がない……たしかに大物」

　ヒソヒソと小声でやり取りする女子たちを気にも留めず彼はメルトファンを見やっていました。

「お前がメルトファンって奴かい」

ぶっきらぼうに言い放つフマル。その声は重くこれから戦争でもおっぱじめるマフィアのような口ぶりです。言葉の選択を間違えてはいけないと思わせる、そんな声音でした。

「はい、アザミ軍農業特別顧問のメルトファン・デキストロです。そしてこいつらは士官学校で私の生徒だった者たちです」

「ま、一人で来いとは言ってねぇからな、かまやしねーけどよ」

一人一人値踏みするようなフマルに、メルトファンが手にしていた袋を差し出します。

「こちら、長い航海に必要な柑橘類《かんきつるい》と上物のライムジュースです、お納めください」

袋を受け取るとフマルは香りや色を確認し、品物を吟味しました。

「いい色と香りだ、ありがたく受け取るぜ。オイ！　俺の船に積んでおけ！」

海運ギルドの下っ端が「へい」と返事をし、荷物を受け取ると足早に去っていきました、そのやり取り、まさにどこぞの組の親分と子分です。

「ギルドってこんなのばかりですの？」

セレンがリホに小声で確認します。そうですよね、冒険者ギルドといい、連続でこんな様子を見せられちゃ勘ぐっちゃいますよね。

「ここと冒険者ギルドが異常なだけだよ」

ヒソヒソ話をする二人を見やりフマルがメルトファンを問い詰めます。

「で、こいつらは何者なんだ。候補生という割にはエラい強そうなのがいるじゃねーか」

メルトファンが一人一人名前を教えると彼は「ほう」と唸ります。

「小耳にはさんでいるよ、今年のアザミにゃ活きのいいのが入ったってな、こいつらだったか」

フィロやアランをみて好々爺《こうこうや》のように笑うフマル。根は優しい人なのが窺え、生徒たちの緊張が少しほぐれるのでした。

「なんだガキども、軍を辞めてうちで世話になりたい……ってわけじゃないんだろ」

フマルは顎《あご》を掻きながらメルトファンを見やります。

「こういう場を経験させるのが経験になると思ったからです。元教官として、そしてこの国を不可抗力とはいえ国家転覆の片棒を担いでしまった私の姿を……です」

空気が張り詰めてフマルの眼光が再び鋭くなりました。

「要件を先に言え、ちんけな舞踏会のお誘いの件じゃねーのかい？」

「やはりお耳に届いていましたか」

「届いたも何もあんだけ手紙を送られちゃ嫌でも目に入るぜ」

「では、話は早いですね」

メルトファンは一歩前に出ると深々と頭を下げるのでした。

「先のアザミ王のご乱心、戦争を望む王に豹変《ひょうへん》してしまったのも全てこの私の責任です。ジオウ憎しの心を魔王に利用され、王家や軍をめちゃくちゃにしてしまったのです。アザミ軍、アザミ王は立派な被害者、この私をいかようにしていただいてもかまいませんから海運ギルドとアザミ軍のわだかまりを水に流し、舞踏会にご出席願えないでしょうか！」

自らの首を差し出す、そんな覚悟に生徒たちは困惑します。

「いかようにもってメルトファンの旦那」

「……さすがにそれは」

フマルは懐から葉巻を取り出すと火をつけて一服し始めました。

紫煙をくゆらせながら天井《てんじょう》を見やる彼はしばらく葉巻を愉《たの》しんだのち、重い口を開きます。

「頭を上げな若造」

そして葉巻を咥《くわ》えたまま続けます。

「てめえの首なんざいらねえ、悪いがお断りだ」

「ギルド長さん、メルトファン大佐がおっしゃった通りアザミ王は魔王に操《あやつ》られていたのは事実です、嘘ではありません」

アランが嘘ではないと進言するもフマルは一喝します。

「そんなんとっくに知っているんだよデカブツ」

葉巻の煙を肺いっぱいに吸い込み、憤りと共に吐き出すフマル。ドラゴンが怒ったかのような雰囲気に周囲の海運ギルド職員はたじたじです。

「別に俺はルークの奴が戦争を起こそうとしたことに対し怒っちゃいねぇよ。テメエの国だ、アザミ王国がどうなろうと知ったこっちゃねえ、自己責任だろ」

ルーク。

王様の名前を呼び捨てにする様子を見て学生たちは驚きました。

「すげえな、王様の名前を呼び捨てとは伊達《だて》じゃねえぜ海運ギルドのキャプテン・フマルは」

アザミにその人ありと、半ば伝説となっているフマルを前にアランはアゴに滴る汗をぬぐいます。

一方セレンは別の見解を示しました。

「そうですの？　まるで戦友に悪態ついているようにも見えましたが――」

その言葉をフマルは食い気味に否定しました。

「親しかねえよベルトの嬢ちゃん。俺が腹立ってんのは魔王の件じゃねえ」

「……じゃあ何に？」

「ったく、そう素直に聞かれたら答えるしかねーじゃねーか……大した胆力だ」

臆することなく理由を問うフィロに、フマルは孫に昔話でも話すように語ります。

「俺が怒っているのは、アザミ王国どころか一人の女も守れなかったあの腑抜《ふぬ》けに腹を立てているのさ。昔な――」

そこでフマルはアザミ王と同じ女性を好きになり、そして自ら譲った経緯を話しました。

「そんなことがあったんですの」

「俺は今となっちゃ後悔しているよ、好きな女を譲ったことをな……愛した女の行く末も分からねえ、生きてんのか死んでんのか、どこに眠っているのか、せめてそれぐらい分かりゃ花束《はなたば》の一つでも手向けられるのによ」

苛立《いらだ》ちの募ったフマルは葉巻を床に落とし、勢いよく踏みつけて、火を消します。

「俺が海運ギルドを立ち上げて仕事して女を捜索していた時に、あいつは愛した女を死んだことにしてうやむやに……んで魔王に取り憑かれましただぁ？　ふざけた話と思わねぇか？」

「それは王女の心情を思っての嘘かと！」

初めて聞いた話と混乱しつつも、メルトファンはフマルの気迫に負けじと反論します。

フマルは聞く耳を持ちません。

「口じゃ何とでも言えんだよ……ルークの鼻たれに伝えとけ、舞踏会だか何だか知らねーがお前に指図される筋合いはねぇ。ジオウ帝国との戦争も勝手にしろってな」

「しかしっ」

「さ、けえんな。もう話すことはねえよ」

うなだれるメルトファンにセレンやフィロが帰ろうと促します。

「メルトファン大佐、今はどうしようもありませんわ」

「……ん」

二人に引っ張られ、アザミ軍一同は倉庫を後にするのでした。

「王妃の捜索が中断されてしまったのも私に責任がある……魔王に操られず捜索が続けられて

いたらもしくは……」

「後悔しても始まんないっすよメルトファンの旦那、あの人聞く耳持たなかったですし」

「根っこが深い感じですわ、見た目では分かりませんが愛をこじらせているんでしょうね」

「…………さすが同類」

生徒たちのいつものやり取りに安堵《あんど》したのかメルトファンはフッと笑顔を見せました。

「すまない、見苦しいものを見せてしまったようだな」

アランが大仰《おおぎょう》に首を振ります。

「いえ、お気になさらず。しかし頭の固い方ですなフマル氏は」

「愛した人を譲って後悔した、その気持ちは分かります、私は譲らないように頑張らなくては」

「お、おぉ……ほどほどにな」

セレンの決意表明に一同呆れ顔になるしかありません。特にメルトファンは先達としての背中を見せたつもりが一人のストーカーをやる気にさせただけなのでなんとも残尿感たっぷりの顔で帰路に就くのでした。


その夜のことです。ロイドは冒険者ギルドの情報を頼りにサウスサイドの酒場街へと足を運んでいました。

彼は、揚《あ》げ物に海鮮の串焼きにつぼ焼きに加えて焼きそばといった定番の屋台が軒を連ねるサウスサイドを度々料理の勉強のために訪れており、酒場街もお使いで昼間には何度か訪れたことがありますが大賑《おおにぎ》わいの夜に足を運んだことはありませんでした。子供ですから。

「ここかな、一番波止場に近い酒場は」

ワッハッハッハッハッハ――

夜の大盛況な楽しい賑わいがロイドの体を包み込みます。特にこの酒場は波止場に近いために荒々しい海の男が誘い込まれるように入ってくるようで、楽しい声の合間に喧嘩《けんか》一歩手前のような声まで聞こえてくるではありませんか。提供される料理も飯より酒、飲兵衛《のんべえ》向けのフィッシュアンドチップスやつまみ系料理が多く、それよりも多種多様な酒類が売りのお店のようです。

「うん、ここっぽいぞ」

ロイドはちょっとやんちゃな喧騒《けんそう》にビビりながらもカウンターへ向かいました。

「いらっしゃ――あれ？　ロイド君じゃないか。こんな時間に珍しい」

バーテンダーの服に身を包んだ顔見知りの店主が意外な訪問客を前に目を丸くします。

「お久しぶりです店主さん」

「あれ、なんかお使いでも頼んでいたっけ？　魚はこの前運んでもらったしなぁ」

「いえ、違うんですよ、実は――」

ロイドが要件を伝えようとした時、大きな卓を占拠している一団から下卑《げび》た笑いが聞こえてきました。

「へへへ、なんだ小僧。ここはお前の来るようなところじゃないぞ」

「どうした、とっとと家に帰ってママのミルクでも飲んどけ」

「おいおい、テンプレみてーなセリフ言うなよ、もっと捻《ひね》れよ」

「ガハハ、実際あんなガキンチョを酒場で目《ま》の当《あ》たりにすると出ちまうもんだな、ベタなセリフがよ」

二の腕がぶっとい、しかも錨《いかり》の入れ墨なんか入れちゃってる分かりやすい海の男たちが酒瓶片手に笑いあっていました。やんちゃな喧騒の大本はどうやらこの人たちのようですね。

ロイドはそれっぽい人を発見したとウキウキで近寄ります。

「あの、海運ギルドの方ですか？」

下卑た笑いを続けたまま海の男たちは逆に聞き返しました。

「だったらどうだってんだ小僧。一杯おごってくれるのか？」

ロイドは素直に答えました。

「僕、海運ギルドのギルド長、フマルさんに会いたいんですけど、よろしければ居場所を教えていただけませんか？」

その発言に男たち――海運ギルドの一員達の笑い声は最高潮に達しました。

「アーッハッハッハ！　オメーよ、酔っ払ってんのかよ！」

「いえ、酔っ払ってはいませんが」

「キャプテン・フマルがお前みたいなガキンチョに会うと思ってんのか⁉　何もんだお前は？」

「僕はロイド・ベラドンナと申します。アザミ軍士官学校の一年生です」

アザミ軍と聞き、海運ギルドの男たちの笑い声がぴたりとやみました。そしてギロリとロイドを睨《にら》みつけます。

「なおさら無理だな」

つき放すように酒瓶を手にした男が言い切りました。

「そ、そこを何とか！」

今度は手前にいた二の腕が太い男がロイドの前に立ちふさがりました。アラン並の大男、ロイドは首が痛くなるくらい見上げます。

「困るも何もお前がどうなろうと知ったこっちゃないんだぜ、痛い目見たくなかったらとっとと俺らの前から消えるんだな」

指をポキポキ鳴らし、いつでもやってやるぞと言わんばかりの態度。他のギルド員たちは「やっちまえ」とはやし立てます。

さすがに見過ごせないのか、酒場のマスターがその喧嘩を止めに入りました。

「お客さん……それ以上は」

「マスター、悪いが喧嘩売って来たのはあの小僧の方だぜ、俺らの前でアザミ軍人って名乗るなんてのは一発殴られても文句は言えねえってこった」

その言葉にマスターはシレっと反論します。

「違いますよ、あんたらがケガするからこれ以上はやめておけって言っているんですよ」

マスターの意外な一言に海運ギルドの男たちは一様に吹き出してしまいました。

「へへへ、何言っているんだマスター、あんたも飲みすぎか？」

マスターは真面目な面持ちで海運ギルドの男たちを見やって言いました。

「あんたら、アザミ王国はどのくらい久しぶりだい？」

「航海に出てロクジョウで荷下ろししていたから……だいたい半年ってところだな」

「やっぱりか……なら、あんたらは知らないんだな……この子の、ロイド君の伝説をな」

マスターの重みのある言葉、しかし当の本人はポカーンとしています。

「え？　伝説って何ですか？」

「おい、当事者がとぼけてんぞ」

そこに別のお客さんたちがグラス片手に会話に割って入ってきました。

「そこがロイド君の良いところなんだよ！」

「あぁそうだ！　すっげーことやってのけてんのに自覚がないのが愛くるしいんだよ！」

次々に割り込んでくるお客さんに海運ギルドの男たちは「なんだ？」と驚きます。

気が付けば店全体がロイドの味方、まさにアウェーの状態にさすがの海の男たちもたじろいでしまいました。

「なんだオイ！　あんたら全員グルか？　劇団員か何かか⁉」

「あれはちょうど半年前だった――」

「おいマスター！　唐突に過去を回想し始めるな！」

海運ギルド員たちのツッコみもむなしく、マスターは浸りながら過去の出来事を語り始めました。

「商業街道が爆破され、俺や他の酒場の連中は酒が入ってこないことに絶望した……酒のない酒場なんてただの「場」だ、客が来たところで酒を出せなきゃ代わりに罵声を浴びせられちまう」

マスターはどこからともなく出したウイスキーのロックをちびちびやりながら語り続けます。

「それを救ってくれたのがロイド君だ。彼が爆破した岩で埋め尽くされた街道を一人で開通させてくれたんだ、岩を素手でどけてな」

「はぁ⁉」

さすがに呆れる海の男たち。しかしロイドはというと――

「えっとその程度のことで伝説ですか」

いつものように無自覚でした。様式美ですね。

「この無自覚さが愛される理由の一つだ、アザミ王国ロイド君大好きクラブ名誉会長セレン・

ヘムアエン氏も事あるごとに言っている」

とんでもねえクラブと役職を作りましたねあのお方。自分で名誉ってつけるんですか？

呆気《あっけ》に取られている海運ギルドの男。そこに他の客からもこんな伝説が語られます。

「ついこの間なんざこーんなでっかいイナゴのモンスターをバッタバッタとぶっ飛ばしていたぜ！」

「栄軍祭じゃ空を飛んでいた、まぁロイド君ならできそうだったけどよ」

とまぁポンポン飛び出すロイドの逸話。この前エアロで空を飛んで大衆の前でゴーレムを倒したことが決め手になったんでしょうね。

前々からの「ロイド君って強いんじゃないか？」という疑惑がその時から確信に変わったようで、町のいたるところの人々から畏敬の念で見られていたのでした。

アバドンの事件前からアザミにいなかった彼らは何のこっちゃと顔を見合わせるしかありませんでした。

とりあえず冗談ということにして海運ギルドの男は話を進めます。

「よく分からねーがそんなホラ話、俺たちにゃ通用しねーぜ……オイ、アレを持ってきてくれ」

男は他のギルド員に何かを持ってくるよう催促します。そして手渡されたのは――

「それは、拳銃⁉」

「あぁ、リボルバーってやつで六つ弾が込められる代物だ」

なんと拳銃でした、ずっしりと重く黒い光沢を放つそれに一般客とマスターは怯《おび》えます。

海運ギルドの男はその穴の一つに弾丸を込めるとシリンダーを回してセットしました。

「こうやると何発目に弾が飛び出すか分からねぇだろ、そんで手を机に置いて手の甲に銃口を当ててお互い交替に弾《はじ》く……お前が伝説の男ってんならこんな度胸試し屁《へ》でもねえだろ？」

「え？　手を？」

いわゆるロシアンルーレットの手の甲版ってところですね。驚くロイドにギルドの男は自分の掌を見せつけて笑います。

「安心しろ、運がよけりゃ今まで通り使えるぜ、数か月は地獄を見るがな。それが嫌なら諦めて帰るんだな」

男の掌には銃弾が貫通した痕が痛々しく残っていました、銃口を密接させたための火傷《やけど》の痕も生々しく残っています。

「どうだ、受けるか？」

ロイドは逡巡《しゅんじゅん》しましたが意を決し「受ける」と返事をします。

「へっ度胸あるじゃねーか」

「痛いのは嫌ですが……ここは男を見せます！」

ロイドは机の上に手をのせるとキッと男の方を睨みました。引く気はないという意思表示です。

「いいぜ、面白《おもしろ》くなってきた」

海運ギルドの男も舌なめずりをしながら好戦的な目で手を机の上にのせます。このタイミングで言うのもアレですが、結構な負けフラグ立てていますよね。さっきの「家に帰ってミルク」といい、負けムーブをかますのが得意なのでしょうか。

そんなフラグ、マスターや周囲のお客さんには分かりません。空気が緊張感でぴりつきます。

「さーてどっちからやるかい？　まぁ小僧みたいなガキにゃ先に仕掛ける度胸はないか」

「っ！　僕が先攻でいきます！」

テンプレの挑発に簡単に引っかかってしまうロイド、思惑通り事が進んで男はニヤけています。他のギルド員たちも同様です。どうやら細工が仕込まれていたようで一発目に弾丸が込められているみたいですね。

「へへへ、まぁさっきの逸話が本当なら掌くらい大丈夫だろ？　ビビってねーで引き金を引きなよ」

「ビビッてなんか……いません！　僕も軍人の端くれです！　セイッ！」

意を決し、気合いと同時に手の甲に密着させた銃の引き金を引くロイド。

次の瞬間――――パァンと乾いた銃声が店内に響きました。

漂う火薬のにおい、追ってお客さんたちのどよめきが広まります。

結果を知っていた海運ギルドの男たちはニヤニヤと笑っていました。

「運の悪い奴だな、一発目から弾いちまうなんざ。早く医者に診てもらった方が……あ?」

しかしみなさんご存じの通り彼はロイドです、過去に襲い来るガトリングガンの弾をすべてつまんだこともありますので……

「あっち!」

銃口から飛び出した弾丸を受けて、ちょっと鍋の耳を素手でつまんじゃった的なリアクション程度で済んだロイド、手の甲を耳たぶにつけて冷ましていました。

「な、なんだぁ? 間違って空《から》の薬莢《やっきょう》でも入れちまったのか?」

しかし、ロイドの足元には潰《つぶ》れた実弾が転がっています、拾った海運ギルド員はたまげます。

「不良品でもねえ、マジもんだ」

慄《おのの》く彼らとは対照的に、ロイドはというと実にあっけらかんとしていました。

「あぁ、度胸試しってそういうことだったんですね。おもちゃの銃で脅して勇気があるかどうか試すって感じの」

そんなわけないだろと海運ギルドの男は食ってかかります。

「お、お前平気なのか!」

「いえ、熱かったのでちょっとびっくりしました」

「そ、そんな程度で済むわけあるか!?」

狼狽える彼をよそに、ロイドはもう完全に度胸試しをクリアしたと喜んでいます。

「これでフマルさんに会わせてもらえますよね！」

しかし二の腕の太い別の男が声を荒らげながら異を唱えました。

「できるわけねーだろ！　こんなイカサマ認められるか！」

軽くむくれるロイド。二の腕の太い男は何かトリックがあるのだろうと躍起になっています。

「ええ？　度胸見せたのに……ちょっと理不尽ですよ」

まぁ信じがたいですよね、銃弾をはじく手なんて。

自分たちもイカサマしていたことなど忘れてご立腹の男は酒樽《さかだる》にドンと肘《ひじ》を乗せ「かかってこいや」と叫びました。この姿勢、どうやら腕相撲をご所望のようですね。

「これならイカサマなんてできねーぞ！」

「え、これって……腕相撲ですか？」

「どうした！　おじけづいたか！」

「でも……いいんですか？　ここ、天井ありますけど？　床も板張りだし……」

ロイドは心配そうに床や天井を交互に見やるのでした。はい、過去のフィロとの戦いで「都会の腕相撲は宙を舞うもの」だと勘違いしているのでこのような心配をしているのです。

「適当な言い訳で逃げようってのか⁉　おちょくりやがって！」

「え、もしかして……フツーの腕相撲ですか？　都会式じゃなくて」

「あたりまえだ、都会もクソもあるかよ！」

その言葉にロイドは安堵しました。

「そうですか、良かった……普通の腕相撲なら、この酒樽壊しちゃうくらいで済みそうですから」

「あぁ？　…………ッ⁉」

ロイドは微笑みながら男の手を握ります。

彼の笑顔から溢れる威圧感にあてられ、二の腕の太い男は強気の姿勢から一転、動揺してたじろぎました。

「酒樽だけで済む？　お前……何だこの圧力は……何者だよ！」

自信たっぷりの笑顔でロイドは答えます。

「実はフッーの腕相撲はフィロさんとちょくちょく遊んでいたんで、結構自信が付いたんですよ」

それフィロにとっては遊びではなく修行の一環ですよ。ロイドに勝ちたい＆ロイドの手を握りたいという欲求から、遊びと称して挑んでいたみたいです。

ちなみに戦績はロイドの勝ち越し……彼が余裕の表情を見せるのはそういう理由があったからです。

「僕もアザミ軍で色々経験しました、ギルドの人を甘く見るつもりはありませんが腕相撲で負ける気はないですよ！」

「この……空を飛ぶだのさっきのイカサマだの……変に威圧感のある嘘で俺らを脅そうとしても無駄だぜ詐欺野郎！」

半ばやけくそ気味の男。マスターがレフェリーを買って出てくれます。

「では……レディー…………ゴー！」

勝負は一瞬でした。

「うおりゃ！」

「よいしょ！」

コキャ。

骨の外れる小気味のいい音がして、二の腕の太い男の肘から先があらぬ方向に曲がっていました。

「こ、これもイカサマ……じゃない！　痛い！　いてぇよ！」

絶叫する男に対しロイドは酷《ひど》く冷静でした。

「あぁ、外れちゃったんですか？　フィロさんも時々外れていたしなぁ……ちょっと動かないでくださいね、こういう時は――」

痛みで暴れ出す男の腕を無造作に掴むとグイっと伸ばして真っすぐにしてから、強めに縮めて骨をはめ直してみせました。ちなみに激痛です、神経がこすれますから。

「あぎゃぁぁぁぁ！」

関節のはめ直し初体験に男は再度絶叫するのでした。

「えーと大丈夫ですか？　フィロさんは真顔ではめ直すんだけどなぁ……」

ロイド並みの身体能力を有するフィジカルモンスターの彼女と一緒にしちゃいけませんよ。

さて、公開処刑並みの扱いを受けたギルドの男は涙目になり怯え倒していました。

「う、嘘だこんなの……空を飛ぶだの岩を素手でどかしただの……こんなホラ吹き野郎に」

他の海運ギルド員がロイドに突っかかってきました。

乱闘必至な状況、しかしロイドは笑顔です。

「嘘じゃないです、やっと最近飛べるようになったんですよ――ホラ」

そしてロイドはエアロを身にまとい、その場でホバリングをしてみせるのでした。

「「「「…………………」」」」

言葉を失う海運ギルドの男たち。そしてマスターもお客さんたちもびっくりしています。前髪をパラパラと風でなびかせながら固まっていますね。噂で聞くのと実際目の当たりにするのとではインパクトが全然違うんでしょう。

ちょっと嬉しそうに自慢するロイド、最近ようやく自転車乗れるようになったんですよとアピールする子供のように無邪気でした。

これが決め手になったようです。海運ギルドの男たちは態度を一変させて「なんとかしてキャプテンに会わせるから許してくれ」と平身低頭、逆に懇願する立場へと変わったのでした。

「い、一週間後には！　必ず会えるようにするから今日は勘弁してくれ！」

「一週間後ですか、大丈夫ですよ」ニッコリ
その微笑みが悪魔の微笑に思えたのか、荒くれ者として名をはせた男たちは身をすくませて這《は》うように酒場を出て行ったのでした。

そしてロイドという規格外の人間に「おたくのフマルと会わせろ」と脅された（個人の感想です）海運ギルドの荒くれ者御一行は息せき切って波止場の倉庫へとなだれ込みました。

酔いなんぞすっかり覚め、青ざめているギルドの仲間が「大至急キャプテンを呼んでくれ」と叫ぶものですから何事だと皆が駆けつけてきます。

「どうした？」

安酒をロックであおりながら、フマルもその場に現れました。彼の姿を見るや否《いな》やなだれ込んできた連中は足にすがって懇願します。

「キャプテン！　ヤベー奴が！　ヤベー奴が会いたがっています！」

「ヤベー奴？」

「はい、銃の弾は弾くわ空は飛ぶわ……俺の腕を外したりくっつけたり……それも笑いながらです！」

腕というか肘の関節なんですが……やられた本人にとっては腕を悪魔に弄《もてあそ》ばれた心境なの

でしょう。

「腕だぁ？　何ともなってねーぞ」

フマルは安酒をちびちび飲みながら男の腕を摑んで見せます。

「ったくビビッて気が動転しすぎだ、どんな奴なんだよそいつは」

「見てくれはただのガキですが恐ろしく強くて笑顔が優しすぎて怖い悪魔のような奴で……アザミ軍の軍人だとか言っていました」

「アザミ軍だぁ⁉　なるほど、昼の続きってことかい。連中、盤外戦で攻めてきやがったか」

グイっと安酒を一気にあおると嘆息します。

「正攻法じゃだめなら脅しにかかるってか……ずいぶんとまぁ面倒な」

フマルは少し考えた後、その場にいるギルド員たちに指示を飛ばしました。

「おいお前ら！　予定変更だ！　明日の朝、俺の船だけ荷を積んで出港する！」

「キャ、キャプテン！　会わねえんですかい⁉」

「あぁ、昼にも軍の連中が来た、要求はどうせ舞踏会の件だろ。どうせ断るんだ、会うだけ無駄でぇ」

「で、でも約束を違《たが》えたらどんな目にあわされるか……」

「うるせえ、お前らも俺の船に乗りゃいいじゃねえか。だだっ広い海の上なら追ってこれねえだろうよ」

そう言い切ったフマルはロイドに恐怖している連中のケツを叩いて荷を積むよう促します。

「まったく空を飛ぶだの馬鹿《ばか》らしい嘘を真に受けやがって」

氷をボリボリかむと倉庫の外に出てアザミのお城を見やりました。

「そんなウソまでつかせて俺に会ったところでどうすんだよルーク……男は行動だろうが」

どこか悲しい目をしてフマルは自室へと戻っていったのでした。


さて、ロイドが海運ギルドの方々を無自覚に恐怖のどん底へと叩き落として帰ってきたその日の夜です。

テーブルの周辺を何やらグルグルしているマリー、分かりやすくソワソワしていますね。

どうしたものか、声をかけた方がいいものかとロイドが悩んでいるところ、マリーは何やら意を決したようで急に振り向き話しかけてきます。この唐突さ加減、自分の中でゴーサインが出るまでの時間のかかり具合、相当難易度の高い話題なのでしょう。

「あのさ、ロイド君」

「あ、はい。どうしました?」

「ちょっと今度の休みデ……買い物に行こっか」

「はい、いいですよ」

「そのあと映画見て食事なんてどうかしら」

「あぁ、いいですね映画。僕、久しぶりです」

あぁ、デートのお誘いだったんですね、それは難易度高いですが……急にどうしたんでしょう、ヘタレのくせに。

簡単にオッケーをもらえてホッとしたマリーは表情にこそ出しませんが、心の中で吠えながらガッツポーズをしていました。

（おぉぉぉぉっし！　よかったぁぁぁぁ！　王女としてでなく！　魔女マリーとして最初で最後のデートができるわッッッ）

どうやら魔女マリーとして今後ロイドと過ごせないこと、一度も普通のデートをしていないことが気がかりだったようですね。気持ちはすごい分かります。

当のロイドはあまりデートとは感じていないようですが、まずは誘うという第一条件をクリアしたマリーは踊るような足取りで自室へと戻っていったのでした。

そしてデート当日を迎え、二人はウインドウショッピングをしながらノースサイドの映画館へと足を運びました。

まだ新しい石造りの映画館は休日ということもあり、家族連れや観光客で大いににぎわっております。

映画のお供でおなじみのキャラメル＆バターふんだんのポップコーンの香りただようこの場所の正式名称は「アザミ王国国立映画館」。

映画先進国であるロクジョウ王国の最新映画を楽しめるここは新たな観光スポットとして大人気で、前述のポップコーンとロクジョウでは定番のミックスジュースを両手に、最近誕生したトーキー映画《音声入り映画》を鑑賞するのがナウなヤングにバカうけだそうです。

「わーここ久しぶりです。マリーさんとは初めてですよね」

「そっか、ロイド君は皆と一緒に来たことがあるのね、羨《うらや》ましいわ……あの時はロリババアの手伝いで古い書庫を漁ってそのまま池に突き落とされて……」

楽しい休日だというのにいきなり泣きそうになるマリー。ロイドははぶられて泣いているんだろうと気を利《き》かせてフォローします。

「あ、でもトーキー映画は初めてです。音声が入った映画って凄いですね」

「そうね……でもなんかあまり凄く感じないのは、あのロリババアが普段水晶でロイド君の隠し撮り映像を見ているからかしら……改めてとんでもないわね」

ロイドがフォローしたのにもかかわらずアルカのとんでも具合を再確認してしまうマリー。休日まで嫌な上司を思い出してしまうブラック企業的な毎日に涙を禁じえません。

「ところで急に映画なんてどうしたんですか？　そんなにトーキー映画が見たかったんですか？」

「ま、まぁね」

素朴な疑問に頬を掻いて誤魔化すマリー。実に挙動不審なのですが、そんな機微には気付かないロイドに安堵します。

（フッ……気が付いていないようねロイド君。私が初デートでビビっているということに）

脳内とはいえ堂々と言うことじゃないでしょうに。

そう、マリーは初デートにビビっているのです……そんな彼女がすがったのは女性雑誌。それもティーンエイジャーでも鼻で笑ってしまうような「初めてのデート特集」なるものを恥じらいもなく購入。さらには熟読までしていたのです。

（でも大丈夫、あの特集の通りに実行すれば万事滞りないはずっ！）

自信満々に脳内で言い放つマリーが得た知識、それは「初デートは映画がいい」という一文、ただそれだけでした。まぁ間違ってはいませんが、それだって……

彼女はそれを鵜呑《うの》みにして……ていうかそれオンリーを武器にストロングスタイルで今日を迎えたというわけです。参考書を読んで満足するタイプ、とだけ言っておきましょう。

ただそのベタな「初デートは映画がいい」なんて検索エンジンですぐ引っ掛かりそうなテクに罠《わな》があるなんて欠片も思っていませんでした。

確かに映画デートは見ている間は無言で会話の間が持つ、終わった後は即席で共通の会話ができるためトークも弾《はず》む……とまぁ分かりやすい利点があります。

しかし多少気心の知れた仲になると状況は一変、難易度が跳ね上がる場合もあるのです。

たとえば相手と同じところで笑ったり感動できるか……自分が気に入っているところを相手

も気に入ってくれるか、感性を共有できるか気になってしまう。あとは純粋に体が近くて緊張するので体力を消耗する。前日楽しみに待ちすぎてよく眠れなかったところに適度な暗闇、襲い掛かる睡魔との戦い、結果その後の食事で会話が弾まないなどなど……マリーは知る由もありません。

（ふふふ、この恋愛バイブルたる「アザミ☆ティーン」があれば今日は完璧《かんぺき》よ）

ちなみにこの女性雑誌、セレンも購読しております。内容、お察しですね。

ヒノキの棒どころか麩菓子《ふがし》を手に敵陣に乗り込んでいるような状況に気が付いていないマリーは知らぬが仏を地でいっております。

含み笑いをするマリーにロイドが映画について尋ねました。

「ところでマリーさん、どんな映画を見るんですか？」

「え、あぁ、考えていなかったわ……とりあえず最新のトーキー映画にしましょうか。ハズレはないでしょ」

余談ですが「流行《はや》っているから」というだけでよく確認せず見る映画ほど後悔するものはありません。例外はありますが七割は後悔、体感そんな感じです。いっちばん大事なところをノープラン……ある意味感服しますね。

ロイドは上映リストから最新トーキー映画を確認します。

「えっとこれですね……タイトルは…………「沈黙のロクジョウ」？」

『なんだ貴様！　名を名乗れ！』

『ハッハッハ！　自分がまぶしいっ！　そんな僕が、僕こそが！　サーデン・バリルチロシン！　そうともご存じロクジョウ王国の王様でっす！』


「「…………あー」」


映画「沈黙のロクジョウ」。監督、主演、脚本・サーデン……メナとフィロの父親でありロクジョウ王国の王様でもあるサーデンが全てに関わったトーキー映画。

最新の録音技術による彼特有の暑苦しいボイスが惜しみなく館内に響き「沈黙の～」というタイトル詐欺をかましてくれます。まぁ新機能を強調するにはある意味適任ですね彼。

見どころでもあるアクションは奥さんであり元護衛のユビィ・キノンが主で国力アピールより夫婦仲をアピールする……一言でいうならドB級映画に仕上がっています。ちなみに本編よりエンディング後のNGシーン集、特に妻ユビィによる夫サーデンに対するガチトーンのダメ出しの方がウケていたと付け加えておきます。演者の関係性の方がクローズアップされてしまうのもB級ですね。

そんな内容の映画ですが見た人は大体満足しております。中身よりトーキー映画で音声をたくさん聞けた感動の方が上回っているからでしょう。技術革新における黎明期《れいめいき》ならではの盛り上がりです、もっと時代が後になったらきっと駄作扱いになるんでしょうね。

さて観客は満足していますがロイドとマリーの二人は疲れた顔をしております。それもそうでしょう、スクリーンいっぱいに知り合いのプライベート盛りだくさんな自主制作映画を見せつけられたようなものですから。さらにはスタッフロールに「照明・アラン」と流れてきて「何してんのあの子は」とマリーがツッコむ一面も……まぁつまり二人にとってはB級以前の問題だったというわけです。

もちろん「初デートは映画」云々《うんぬん》もそれどころじゃない徒労感に襲われた二人はそのままレストランへと向かいました。

心が疲れたのでしょう、ぐったり席に座る二人は半笑いのまま何もしゃべりません。運ばれてきた料理もどこかモソモソと食べています。

妙な沈黙に耐えきれなくなったのか何とか会話をしようと務めるロイド、頑張って受け答えをするマリー……まんま映画デート失敗したテンプレのような挙動です、たまりませんね。

（くぅ～しくじった……次こそは……次こそは……）

みんなそう言って次がないんですよ、付き合う前のデートって暗黙のワンアウト制ですから……容姿や年収で個人差はありますが。

そしてマリーは名誉を挽回すべく――名誉を持ち合わせていたかどうかは分かりませんが――舞踏会の話題へ切り替えました。

「ところでさ、王女様の件はどう？　進展あった？」

「多少進展はありましたが……」

未だに自分が王女だと思われていないマリーは若干へこみつつもロイドが王女様と一緒になりたいかどうか探ろうとします。

「公の場に姿を現さないアザミの王女様……その人がギルドの要人たちの前に現れる、そのダンスのお相手をするのよね」

ロイドは硬い表情で頷きます。

「ええ、いくら僕でも意図は分かります。その気はなくとも付き合っているように見える……その後の身の振り方では王家の面目《めんぼく》を潰してしまうかも……」

やはり歯切れの悪いロイド。マリーは「無理もないわ」と唸りました。

そんな真剣に悩む彼を見て、マリーはこんな目にあわせてしまい申し訳ない気持ちになってしまうのでした。

(浮かれていた自分が情けなくなってきたわ……これも父さんのせい、ありがた迷惑よ。まぁ今回は迷惑が二でありがたさは八くらいだけどさ)

そんな父をフォローする意図もあるのでしょう、マリーは王様のことを語ります。

「とう……アザミ王はね、アレでも娘さんが大事でやっているのよ、アレでも」

「アレでもって……王様ですよマリーさん。娘さんを大事にするのは父親として当然です」

苦笑しながらたしなめるロイド。自分の父親のことだから辛辣《しんらつ》に語ってしまったマリーは自嘲《じちょう》気味に笑います。

「うん、ごめんね。あとさ、実はそれだけじゃないの」

「それだけじゃないというと？」

「王様はね、奥さん、王妃様も失っているのよ」

「それ、知っています。なんでも王女様を生んでしばらくしてからお亡くなりになられたとか」

実情を知っているマリーは「違うのよ」と首を横に振りました。

「ここだけの話ね、実際は行方不明になったそうなの」

「え？　誘拐とかですか？」

「何かあったんでしょうけど、ある日急に書き置きみたいなのを残して綺麗《きれい》さっぱり……」

マリーはドリンクを口に含むと、そのグラスに映る自分を見つめました。

「王様は年端《としは》のいかない娘が捨てられたと思わないように、姿をくらませた原因が不明なこともあって死亡したことにしたそうなの……バカよね、そんなことにしなくても、幼い頃のぬくもりや優しさくらいは伝わっているっつーのに……って聞いたわ」

後半自分の本音が漏《も》れていたことに気が付いたマリーは慌てて伝聞形式にしました。

「ロイド君、コバさんって知ってるわよね？　ホテルの支配人で元軍人の」

「あ、ハイ。お世話になりました」

「最近聞いたんだけどさ、王妃様が死んだことになって公に捜索できなくなったから、あの人に色々と調べてもらっているみたいね、今も」

「今もですか」

「ずっと案じていたみたいね、王様は。魔王に取りつかれて目を覚ました後の第一声が娘と王妃のことだったらしいわ……まったく……」

「王妃様に対する愛も含んでいるから……それが理由ならあのちょっと親バカなところも頷けます」

「夢は親子三人で暮らすこと……マイホームパパかっつーの」

マリーは嘆息すると申し訳なさそうな顔をロイドの方に向けました。

「だからさロイド君、強引な王様をあまり恨まないであげてくれるかな?」

「う、恨むなんてそんな」

滅相もないと慌てるロイド。その挙動が可愛《かわい》いので彼女は思わず笑ってしまいました。

さて、言いたいことが言えてちょっと気が楽になったマリーはすっごい聞きたかったことを彼に問いかけました。

「あのさ、ロイド君」

「はい?」

「もし、もしもだよ、私が王女だったらどうする?」

「アハハ、面白いジョークですね」

笑ってかわしたロイドにマリーも「そうよ〜冗談よ〜」と力なく笑い返します。

しかしロイドはしばらく間を開けたのち考える仕草《しぐさ》を見せます。

「リホさんが王女様かもと思った時も考えましたが……正直よく分からないです。気心知れた人が王女様とか、それ以上に自分のことが好きとか……」

（そっち方面は相変わらず無自覚なのね）

恋愛相関図があるとしたら全方位から矢印がぶっ刺さっている彼にマリーは呆れともいえない表情をするしかありません。

そしてロイドは考え込みながら小さく答えました。

「でも……」

「でも？」

「でも、王女様がマリーさんだったら…………こんなに悩まなかったのかもしれませんね」

ほんのり笑って結論を出すロイド。

マリーの思考が停止します。フリーズですねフリーズ。

「…………」

「あの、マリーさん？」

「………………………………………………………………………………………………」

「え？　ま、マリーさん？」

「マリーさんだったら」と言われたその意味を、その言葉を時間をかけて丹念に咀嚼《そしゃく》して呑み込んだ彼女は……

（ちょちょちょちょ！　ちょー！　ちょちょちょーーーーー!?）

失礼、呑み込めていませんでしたね。牛のように反芻《はんすう》してもまだしっかり言葉の意味を飲み込めないようです……嬉しすぎて。

マリーさんだったら、マリーさんならオーケー、結婚アリ寄りのアリ――脳の構造がセレンと化した彼女はキレの悪いロボットダンスのような挙動をし始めます。

「マリーさん!?　大丈夫ですか!?」

「だ、大丈夫、ちょっと喉に何か引っかかってさ」

喉に何かが引っ掛かってロボットダンスは普通踊りません、ロボットでも踊りません。

ちょうどその時コーヒーポットを持ったウエイターが現れたのでロイドが呼び止めます。

「す、すいません」

「コーヒーのお代わりですか？　少々お待ちください」

ウエイターが淹《い》れてくれたコーヒーをマリーは待っていましたと言わんばかりに受け取ります。

「そうそう、何でもないのよロイド君、さぁさぁコーヒーでも飲んで落ち着きましょう。今日

疲れちゃったからお砂糖多めに入れちゃおうかしら」

テンパっているのを悟られないようにマリーはわざとらしく独り言を言いながら誤魔化そうと必死です。

「あ、あのマリーさん」

「あー美味《おい》しっ！　本格的なコーヒーってこんな味するのねっ！」

「それ、砂糖じゃなくてお塩です」

「ほんのり塩味が効いていて……って辛ッッッ！　ゲフゴフゲフッ！　ゲブっ！」

せき込んでしまったマリーは鼻水を垂らしながら盛大にコーヒーを噴き出してしまいました。かくしてマリーの初デートはいくつものトラウマを生んで幕を閉じたのでした……帰宅後、ベッドに突っ伏して彼女が一晩中この凡ミスを思い返して泣いていたのは言うまでもありませんよね。


色々なハプニングに見舞われたマリーとのデート（笑）から一夜明け、ロイドは気を取り直してサウスサイドの波止場の方に足を運んでいました。

「約束の日、今日だよね……えっと確か蒸気機関と魔石を使った最新鋭の船だって言っていたけど」

ロイドは海運ギルドの職員から聞いた情報を頼りにフマルの船を探します。

しかし探せど探せど該当するような船が見当たりません。

「あれ？　おっかしーなー……」

困ったロイドは知り合いの漁師に尋ねてみます。

「あ、すいませーん、お久しぶりです」

「あ、ロイド君じゃないか。しばらくぶりだな」

笑顔で迎えられるロイド、顔広くなりましたね。

「どうしたロイド君、そうだいい白身魚大量に獲れたんだけど一匹もっていくかい？」

「あ、ありがとうございます。でもごめんなさい、実はですね――」

ロイドは自分の探している海運ギルドの船のことを尋ねてみました。

「あーキャプテン・フマルの船か。何の用だい？　あの人軍人をめっぽう嫌っているハズなんだけど」

「一応アポイントはとったんですが……」

「ていうかアザミに来ていたんだ、珍しいな。んーちょっと待ってな……オイ！　誰かフマルさんの船知らねえか!?　ロイド君が探しているんだとよ！」

ロイドと聞き、いつの間にか波止場にはたくさん漁師が集合して目撃情報が寄せられました。彼の人徳すさまじいですね。

そこで集まった情報は「フマルの船はもう一週間前には出港していた」というものでした。

「えぇ⁉　本当ですか⁉」

「下っ端連中が適当に嘘ついて逃げたんじゃないか?」

「うーん、そんな感じじゃなかったと思うんですが。真剣でしたし」

そうですね、恐怖におののいて嘘ついているようには見えなかったことでしょう。

自分の聞き間違いかなーと考え始めるロイドは次にフマルがどこに行ったのか聞いてみます。

「今どこら辺にいるとかご存じありませんか?」

「ん～……あの積み荷は多分ロクジョウ方面だろうよ。途中二回寄港するはずだから……手前の海あたりだと思うぜ」

「あぁ、あっちですか……明日は学校休みだし……間に合うかもしれない……」

ブツブツ独り言を口にするロイド。漁師たちは「そのうち戻ってくるだろうから落ち込むなよ」と優しい言葉を彼にかけ、各々仕事に戻っていきました。

「こういうのは早い方がいい……うん、急いで追いかければ！」

ロイドは「善は急げだ」と決心します。そして家に帰ると「二、三日戻ってこないかもしれません」とマリーに書き置きを残すと急いで追いかけようと旧灯台の方へ向かいました。

　ジオウ帝国からの難民が一時的に身を寄せている仮設住宅の先に使われなくなった旧灯台がありますす。アルカのせいで上半分吹き飛んでいますが海に面していて一番高い場所になります。

「よいしょ、よいしょ……」

　崩れかけた灯台によじ登ると、ロイドは目を細めて遠くを見やります。

「んーあっちにあの星があるから……方角は大体こっちで合っているのかな？」

　そう言うとロイドはエアロを身にまといます。ロイドの特技「テンペストクローク」……中二的なネーミングは師匠の魔王サタン（本名・瀬田成彦《せたなるひこ》）です。

「コンロン村からアザミに戻った時は爆発の勢いを借りたけど……今度は僕一人の力で長距離飛行だ！　できるかどうか不安だけど、これもチャレンジ！」

　白昼、一人の少年が風を身に纏《まと》い海へと飛んでいきます。その様子をたまたま目撃した人間が「少年が海へと飛んで行った」と騒ぎましたが「あーロイド君かもね」と、彼を知っている者の一言で軽く流されたそうです。

　その一方で軽く流せない人物が一人――マリーさんです。

「ただいまーって……あれ、ロイド君いない？　今日は士官学校半日上がりのはずなのに」

　先日のデート（笑）で色々しくじったマリーさんはロイドにお菓子を買って挽回しようと必死です……お菓子ってところがマリーらしいですね。

　そんなちょっぴりしくじったな～と思っている時にこの置き手紙です。

「二、三日帰りません……食事はご自分でよろしくお願いします、ですって⁉」

サーッとマリーの顔から血の気が引くような音が聞こえてきます。まぁですよね、この書き置き、実家に帰りますっぽい代物ですから。

「私ここまでしくじったっけぇぇぇ⁉　砂糖と塩間違えたくらいよぉぉぉ⁉」

白目をむいてしまうマリーさん、こんな変顔を頻繁にするから王女だって言っても絶対信じてもらえないんですよ。

見渡す限りの大海原。その広い海一隻《せき》の船が蒸気を上げて突き進んでいます。

海運ギルドの旗艦「ラジン号」。蒸気機関と魔石による補助動力も充実しており、更に乗っているのはアザミ軍元近衛兵長キャプテン・フマル率いる歴戦の海の男たち。

「（海上経由で）絶対に届けたい荷物がそこにはある」そんな時はフマルとロタラジン号が名指しで頼まれるほどです。

その甲板《かんぱん》を先日ロイドに肘関節を外された男がブラシがけをしていました。

見渡す限りの水平線に昇り始めた朝日を鬱陶《うっとう》しそうに見やっていますね。非常に爽《さわ》やかな光景でも仕事しながら何度も見ていると、美しさより「また一日が始まった」という倦怠感《けんたいかん》の方が先走るんでしょう。

ゴッシャゴッシャと甲板にこびりつく藻の類をブラシでこすりながら彼はふっと先日の出来事を思い返します。

「そういやあのヤベー奴との約束完全に破っちまったけど大丈夫か？　キャプテンに会わせるって言ってすっぽかしちまったけど……」

彼はロイドとの約束をスルーしてロクジョウ王国の近海にまで来てしまったことを思い出しては……下手したら殺されるんじゃないかと身震いしました、思い出し恐怖というやつです。

「しかしキャプテンが会わないと言ったら下っ端はそれに従うしかねえ。うん、しかたねえ」

生きた心地のしない彼ですが、そう自分に言い聞かせると誤魔化すように甲板を清掃し続けます。

「まぁこちとら海の上だ。こんなだだっ広いところで俺らの船を捜すなんざ無理に決まってる」

この人またフラグを立てていますね。無自覚負けフラグ職人なんでしょうか。

とまぁ「とうぶんアザミに近寄んなきゃいいや」なんて少し楽観的になり始めたギルド員。

その時です――ゴン！　という何かが落ちたような音が後ろからしました。

「なんだ？　ウミネコが煙突にでもぶつかったのか？」

何気なく振り返りますが、そこには鳥らしき生き物は見当たりません。

――かわりに、聞き覚えのある声が聞こえてきます。

「えーと、この船だよな。間違っていなきゃいいけど」

少年のような……というか例のヤベー少年のような声にギルド員の背筋が凍りました。

「いや、まさかな……」

脳裏によみがえるあのヤベー奴。強張《こわば》る顔のまま、男は恐る恐る煙突の方へと足を運びます。

デッキブラシを武器のように構えながら男が向かうと、そこには――

「……」

誰もいませんでした。彼は「脅かしやがって」と自嘲気味に笑います。

「は、ハハハ……疲れてんだな俺……」


「うーん、誰か知っている人がいればいいんだけど……」

「――ッッッ⁉」


海運ギルドの男はバッと振り返りますが、やはりそこには誰もいません。一瞬ロイドのような人影がちらりと見えましたが、彼は認めたくないようで幻覚と決めつけました。

「げ、幻覚……もしくは眼精疲労だ眼精疲労！　この仕事終わったら俺、眼科に行くんだ」

「あ、この前の腕相撲の人だ」

「アァァァァァァッッッッッ！」

今度は目の前に、言い訳できない近さで登場したヤベー奴ことロイド。彼を目の当たりにした海運ギルドの男は固まってしまいました。

なんでここにいる、そういや空を飛べるとか言っていたけどアザミからここまで飛べるのか⁉　どんだけ離れていると思っているんだ！　……などなど文句のような言葉が彼の頭の中を駆け巡ります。

そんな彼にロイドは柔和な笑みを浮かべて近寄りました。

「どうも、この前約束しましたよね。覚えていますか？」

彼には悪魔の微笑みに見えるのでしょう。固まって微動だにできません。

「もしかして僕が聞き間違えたんですかね？」

そんなわけないよな、と暗に言われているようで男は固まったまま小さく震えます。

「フマルさんにお会いできますか？」

フマルに会わせないとどうなるか……分かってんだろオメー、と彼には聞こえているみたいです。全身鳥肌が立っています。

「あわ、アワワワワワワワッッッ」

屈強な海の男（笑）は恐怖に耐えきれずその場で泡を吹いて倒れてしまいました。

「えぇ⁉　うーん、疲れていたのかな？　なんか眼精疲労云々言っていたみたいだし」

ロイドは男を煙突の陰に横たわらせると周囲を見回します。

「でもこの人がいたってことはこの船で合っているんだろうな。とりあえずフマルさんがいそうな場所をしらみつぶしに探してみよう、アポはとっていたから大丈夫なはず！」

そう言ってロイドは船の内部に侵入していったのでした。


そして、甲板清掃をしていた奴が倒れているという情報がフマルの耳に入ったのはつい先ほどのことです。

「甲板清掃中に気絶だぁ？」

海の上には未知のモンスターが現れることが多々あり、海洋魔物研究も海運ギルドの一環として務めていました。そんな彼ですら初めて見る症状に戸惑っていました……実際はロイドにビビッて泡吹いて気絶しただけなんですけどね。

見分を終えたフマルは訝しげに男を見やっています。

「海にトレントが出るなんざ聞いたことがねぇ、無傷で泡を吹く……こいつがビビるほどの何かだぁ？」

「サボっていて、キャプテンの顔でも見たんじゃないですかい？」

「へっ、だったら無傷で済むわけないだろうが……馬鹿言ってねえで医務室に運んでやれ」

医務室に運ばれる男を見てフマルは嘆息します。

「まったく朝っぱらから……飯も食っていないってのによぉ……」

しかし未知のモンスターの襲撃だとしたら看過はできない、フマルは前例がないか自室にあるモンスターの資料を確認しに向かいます。

「海のトレントなんて冗談めいた話聞いたこともねえ……イカ系の何かか……まさかこの船に妙な奴が潜り込んで襲ったってわけじゃあるめえな」

ご名答でございます、妙ではありますが可愛い少年ですよ。

フマルが独り言を口にしながら自室の扉を開けようとすると――

「あ、すいません」

緊迫感を削ぐ、拍子抜けした声が彼の背中にかけられました。

道を聞くようなかるーい声。

しかし、漂う気配は猛獣が存在しているかのようにずっしりとしております。フマルは一瞬で滝のような汗を流します。

（なんだと……）

まるで殺し屋に声を掛けられたような心境、一つ機嫌を損ねればすぐさま惨殺死体になり果ててしまうかもという悪いイメージが湧《わ》いてしまうほど。

身動きのできないフマルは全て察しました、甲板にいた部下はこいつがやったんだと。騒ぎを起こした隙に潜入して俺の背後を取るタイミングを狙っていたんだ……と。

「あの、フマルさんですか？」

（何者で、目的は何だか知らねえが……俺をフマル・ケットシーフェンと知って声をかけると

はいい度胸じゃねえか）

自分の命だろうと積み荷が狙いだろうと関係ない、部下たちのためにも刺し違える覚悟――そんな意気込みでフマルは懐に忍ばせている短刀を静かに手に取り、声の主に対して背中越しに話しかけます。

「フマルだとしたらどうだってんだ？」

「あぁよかった、僕お会いしたかったんですよ」

「そうかい、俺もお前みたいなやつに会えて光栄だよ」

「光栄だなんてそんな」

本気で照れているような口ぶりにフマルは「こいつは手練《てだ》れだな」と感じます。

（動揺もねぇ、五十数年生きてこんな日を自分の船で迎えるとはね……）

この声の主は日頃から殺すことが習慣のような奴、覚悟を決めたフマルは短刀を握り締めると――振り向きざまに声の主へと突き立てました。

しかし声の主――ロイドはその攻撃を避けることなく受けたのでした。

腹に突き立てられる短刀、しかし……みなさんご存じロイドです。

「はい？」

「はぁ？」

フマルは驚愕《きようがく》します。腹部に刺したはずの短刀がぐにゃりと曲がってしまったのですから。

一方ロイドは「何でナイフを握っていたんだろうと」小首を傾げましたが早朝であることを思い出して何やら納得します。

「あれ？　ごめんなさい。もしかしてこれから朝食を作るところでした？　もしくはリンゴを剝《む》いている最中だったとか……あぁ曲がっちゃってますね、今直します」

ロイドはフマルの手に握られていた短刀を取るとクイッと刃を真っすぐにしちゃいました。

あっけに取られている間に武器を奪われ、フマルはかなり動揺します。

「て、てめぇ……」

しかもよく見ると年端もいかない少年、動揺もしますよね。

フマルはすぐさま頭を切り替えて次に打つ手を考えます。

「キャ、キャプテン！」

「どうしましたキャプテン！」

不穏な空気を感じたのかギルド員たちがフマルの部屋へと駆け付けてきたようですね。狭い廊下が屈強な男たちで埋め尽くされます。

そしてロイドはフマルから奪った短刀を手にしています、どっちが襲ったとか聞かれたら間違いなくロイドの方でしょうね。

「お、お前はっ！」

「あ、あの時酒場にいた人ですか？」

短刀を手にしたまま柔和な笑みを向けるロイド。駆け付けた連中に戦慄《せんりつ》が走ります。

「こ、こんなところでそんなもん手にして……生きて帰れると思うなよ！」

男たちが取り押さえようと動き出した瞬間をフマルが一喝します。

「やめろお前ら！」

海の男たちはびたっと止まり「どうしてですか」とフマルの方を見やります。

「てめーらじゃ逆立ちしても勝てねえよぉ」

アゴに滴る汗をぬぐい、フマルはロイドに話しかけます。

「で、要求は何だ？　言ってみろ」

「あ、ありがとうございます！」

この喜びようも柔和な笑みも悪魔の微笑みととられるんでしょうね。

「あぁ、その代わりこいつらの命だけは助けてやっちゃくれないか？」

「あ、はぁ……よく分かりませんけど分かりました」

「そうかい、じゃ、部屋の中で話そうじゃねーか、逃げも隠れもしねぇから安心しな」

フマルは警戒心をあらわにしながら自室のドアを開けたのでした。

そしてロイドが招かれたフマルの部屋。

他の船室と比べると比較的大きめのこの部屋ですが海図や蔵書といった代物で埋め尽くされて気持ち手狭な感じがします。応接にはあまり向かない感じで、酒瓶の乗っている机に椅子が

数脚あるだけで雰囲気は資料室でした。

簡素な木の椅子に腰を掛けるよう促したフマルは、歓迎というより交渉といった感じで話を進めます。

「用件は何でぇ」

警戒しながら話しかけるフマル。

ロイドは丁寧に自己紹介から始めました。

「あ、僕ロイド・ベラドンナといいます」

フマルは訝しげな表情でした。自分を殺しに来た礼儀正しい暗殺者としか思えないからでしょう。

「ご丁寧にどうも、俺はフマル・ケットシーフェンてんだ。海運ギルドのギルド長をやってるよ」

「あ、僕はアザミ王国士官学校の生徒です」

「生徒だぁ⁉　お前、士官候補生かよ」

「あ、はい。そうは見えないとよく言われますが……」

「あぁ、確かに見えねえよぉ」

ロイドは「ひ弱すぎて軍人には見られない」という意味で言っていますが、フマルは「どう見ても暗殺者だろう」と首をひねっているようですね。

（ルークの奴め、こんな子供を暗殺者に育てやがって……大丈夫かアザミ軍の教育は……ていうかそこまでして舞踏会に出席してもらいたいのかよ）

妙な誤解をしているフマルにロイドは礼儀正しく一礼すると用件を伝えます。

「あの……お話は聞いていらっしゃいませんか？　僕が会いたがってるってこと」

「そうか、おめーが例のヤバい奴ってんだな、話は聞いているよ……ここまでヤバいとは思わなかったがな」

ヤバイの意味が分からないロイドですが用件を切り出します。

「あの、実はフマルさんにお願いがあってきました」

「アザミ軍ってならアレだろ、舞踏会――」

「あの、王女様の行方を教えてほしいんです。ご存じですか？」

「……はぁ？　王女だって？」

フマルは思わず素《す》っ頓狂《とんきょう》な声をあげました。意外すぎる質問に脳が追い付いていないようですね。

「舞踏会の件じゃねーのかよ」

「舞踏会の件ですか？　招待状は僕じゃなく上の人が送っているハズですけど」

全くの別件だったことに肩透かしを食らいますが、逆にこの暗殺者が王女を探していることに恐怖を覚えたフマルは慎重に問いかけます。

「なんで俺が知っているとと思ったんだよ」

「え？　フマルさんって王様の親友だったんですよね、ですからご存じじゃないかと」

「……昔の話だよ。手酷く裏切られてそれっきりだ」

彼の表情から何かを察したロイドは自分の経験を打ち明けます。

「本当に裏切られたんでしょうか？」

「何だと？」

「相手も、自分のことを思って行動してた、言葉が足りなかった、そういうことって親友同士でもあるじゃないですか」

「あるかもな、だが、ないこともある」

「僕にも信頼している兄貴分がいました。僕のためにといって、悪いことに手を染めていたみたいです、やり方は良くないですが——根っこの部分は僕を想《おも》ってだと聞いて、今では許す気になりました。差し出がましいようですがその裏切り行為は王様にとってあなたや誰かのためだったのかもしれません」


『王女の心情を思っての嘘……』

先日のメルトファンの言葉がよぎりフマルは舌打ちします。

「………もう二十年も前のことを、違いましたと認めるには勇気がいるんだぜ小僧。頭の固くなっちまった老人はその短刀の刃みてーに簡単には戻せねえんだよ」

ロイドは短刀を持っていたことを思い出し「忘れていました」とすぐさま返しました。

その行動と慰安の言葉の端々《はしばし》から伝わる「やさしさ」を感じ取ったフマルは、次第に彼が暗殺者ではないと思い始めるのでした。

「そりゃそうか、冷静に考えりゃ舞踏会程度で暗殺者なんて送る理由が分からねえ。強さに自覚のない奴ってことか」

「はい？　何の話でしょうか？」

「気にすんな……悪いけど王女の居場所は知らねえよ、一時もかくまっちゃいないぜ」

「そ、そうだったんですか。また振り出しか……残念だなぁ」

「ところでよ、なんで王女を探すんだよ。噂じゃ無事見つかってどっかに保護されて捜索の懸賞金も取り下げられているはずだぜ」

てっきり舞踏会に出席させるためと思っていたフマルはここまで来たロイドの理由が気になります。

「えっと、実はですね――」

ロイドはこの人ならと、王女様を探す理由を打ち明けました。

「なるほどな、俺とルークの仲を聞いて居場所を知ってんじゃねーかと。で、ウチの船員に俺に取り次いでほしいと言ったらケンカを売られて返り討ちにしたってことか」

「ケンカを売られたというか、度胸試しみたいなものでしたけど……」

「嘘をついている感じじゃねーな……とんだ士官候補生だぜまったく」

ロイドの底知れない強さに今でも足がすくみそうなフマルですが、同時に根が純朴な好青年であることは間違いないようで、そのちぐはぐ感に頭が追い付かないようでした。

「力になれそうもねぇなぁ、しっかし分からねえ」

「はい？」

フマルはロイドをビッと指さします。

「王女様に好かれているのにお前さんが断る理由がだよ。他にいい女でもいるのか？」

「いえ、いませんが……」

「だったらなおさらだ。しかもわざわざこんなところまできて居場所を探って舞踏会前に断るって……当日でもいいんじゃねーか？」

「会場でお会いしてから断るより、その前にしっかり本人にお断りした方がいいかなって。僕みたいな身分の低い学生から断られるのは、当日じゃ心の整理がつかないでしょうし」

「えらいベッピンさんだったらどうするよ。ルークの間抜け面《づら》はともかく母親の方は俺が保証する。性格も含めていい女だったぜ」

いつの間にかライムジュースを取り出してロイドにすすめながら、人生相談を受けているかのようなフマル。そんな彼だからでしょう、ロイドも本音を打ち明けます。

「僕なんかとじゃ釣り合いませんよ、田舎《いなか》生まれですし」

「釣り合わないねぇ」

その言葉を聞いてロイドを睨んでしまったフマル。凄まれてピクリと身をすくめたロイドを見てフマルは「あぁ悪い」と小さく謝ります。

「すまねぇ……昔よぉ「自分とは釣り合わない」とかカッコつけて女から身を引いたちんけな男を思い出してな。ま、惚《ほ》れた云々は今のオメーさんと逆の立場だがよ」

「それってもしかして」

フマルはライムジュースを口に運ぶと「すっぺえなぁ」と顔をしかめました。

「酸《す》っぱい恋だったよ……でもまぁ片や王族、片や学もない叩き上げの軍人。女の幸せを考えたら身を引くのが男ってもんだと思ったよ。今となっちゃ告っときゃ良かったたって後悔する日もあらぁな……ルークの奴は王妃をろくに捜査もしやがらねえし」

フマルの言葉に対してロイドは「それは違いますよ」と反論しました。

「王様は今でもその王妃様を探しています」

フマルはロイドが王様を庇《かば》い、とっさに口から出まかせを言ったのだと思いました。

「へっ、上司想いの部下だねぇ」

「いいえ、本当ですよ。今でも兵を出して探しているみたいです……僕の信頼できる方からの情報なので間違いないかと」

マリーの言っていたことを信じるロイドは、まっすぐな目でフマルを見やります。

「でも、なんだかんだ言って、フマルさんも王様のことを信頼していますよね」

「信頼ねぇ」

「なんだって？」

「言葉の端々からそんな感じが伝わってきます。根は優しいんだなって、僕の信頼できるもう一人の仲間となんか似ているんですよ」

こっちはリホのことですね。真っすぐかつ優しい眼差しでフマルを眺めるロイドに、彼はたまらず視線をそらします。

「どうだかなぁ………ま、信じたいってのが本音かもな」

「僕には今言った人の他にも何人か信じられる人がいます、時に僕の考えから逸脱したことをする方々ですが本質の部分は分かりあえていると思います、きっとそれはずっと続くものだと……フマルさんと王様の関係もそうだと思いますけど」

「オイ、それは俺に説教をかましているつもりか？」

「あ、いえ！　そういう意味では!?　スイマセン出過ぎたことを言って……」

すぐさま謝るロイドにフマルは大笑いしました。

「ガッハッハ！　俺に説教かますのはルークとリーンの奴以来だ！　すぐ謝っちまうところだ

けは違うがよ。リーンの奴なんか命を大事にしろと延々小言を言いながら回復魔法をかけてくれていたなぁ……懐《なつ》かしいぜ」

その時フマルの部屋に海運ギルドの男たちが押し寄せてきました。心配で聞き耳を立てていて、大声が聞こえてたまらず飛び込んできたのでしょう。

「キャ、キャプテン！　大丈夫ですかい⁉　なんかあったら俺らが命に代えても――」

フマルは愛すべきバカな部下たちを見て額に手を当てて苦笑しました。

「バッキャロイ！　ノスタルジックな気持ちに浸っている時に暑苦しい面《つら》見せるんじゃねぇよ！」

と、呆れた後フマルはロイドに伝えます。

「惚れた惚れられた立場も年齢もまったく別もんだけどよ、ちゃーんと自分の気持ちを伝えりゃ分かってくれるぜ。断るなら前もってとか、変に気にする方がよくねぇ」

「そ、そうですかね？」

フマルは好々爺のようにニカッとロイドに歯を見せて笑います。

「惚れた人間が自分のことを想ってお断りするんだ、悲しいかもしれねえが真っすぐ受け取ってくれるさ……安心しろ、振られたぐらいで立ち直れなくなるわけがねえ。なんたって王女様は俺の惚れた女と親友の娘だからな」

つられてロイドもニッコリ笑顔を見せました……ん？　ちょっと悪い笑みですね。

「ふふ、今正直に「親友」って言いましたね」

咄嗟《とっさ》に口から出てしまった単語にフマルは照れ隠しのようなそんな仕草で茶化したロイドを戒めます。

「てめ、いじりやがって。誰を前にしているのか忘れたのか？　アザミにその人ありと言われたキャプテン・フマルだぞ」

「あっ……す、すいません」

フマルは体を揺らして笑いながらロイドの胸をコツンと叩きました。

「いーや許さねえ。罰として王女探しは切り上げて当日ちゃんと自分の気持ちを伝えるんだな……腹くくって相手の想いを受け止めてこい！」

激励にも似た彼の言葉にロイドはこみ上げる気持ちに胸を詰まらせながら返事をします。

「っ！　は、はい！」

「よーしいい返事だ。じゃあとっとと帰れ、このままじゃウチの阿呆《あほ》どもがビクビクして仕事になりゃしねぇ……そういやお前どうやって乗り込んだんだ？　小舟で来たのか？　まさか泳いで来たんじゃあるめぇな」

「いえ、空を飛んできました。最近飛べるようになったんですよ、エヘへ」

屈託《くったく》のない笑顔のロイドにフマルの顔は固まります。

「ま、まぁ飛べるとしてもだ……てか飛べんのか……まぁいい、そんなことしたら部下の何人かが腰抜かしちまうからよぉ、港に送ってやるからそっから帰れ、な」

「あ、はい」

そしてロイドを近くの港へ送ったフマルは彼との出会いを思い返して自嘲気味に笑います。

「ちゃんと自分の気持ちを伝えろってか……俺の方だなそりゃ」

ロイドに言い聞かせているようで、自分に言っていたんだなと再認識したフマルは笑いながら息を吐くと部下に指示を出しました。

「おい、ロクジョウに行って荷を下ろしたら急いでアザミに戻るぞ」

「え、あ、ハイ……急にアザミですかい？」

「あぁ、野暮用が出来ちまったんだよ」

フマルが舞踏会に出席する旨《むね》を伝えたのはこの数日後のことでした。


さて、海運ギルドが舞踏会に参加を表明してから、コリンたちは急な展開に驚いていました。

「なんで急に……何が起きたん？　冷たく追い返されたんやろメルトファン」

アザミ王国王城の一室でコリンが不思議そうにメルトファンに尋ねていました。

ロイドのおかげと知らない彼はウームと腕を組んで唸ったあと、ピコーンと何やら思いついたようです。

「おぉ、おそらく私の持参した特製ライムジュースが美味《うま》くて、それで出席を決意したのだろう！　やはり農作物は人間関係を円滑にするな！」

「そ、そうなのか？」

クロムは「多分違うだろう」と渋い顔ですが彼は顔を紅潮させて立ち上がります。

「あぁ、農家の力ですべて解決した！　こんなに嬉しいことはない！」

「浮かれとるなぁ……まぁ同じくらい浮かれとる人がおるけどな」

呆れるコリンは視線を部屋の隅の方に移します。

「舞踏会……ぶっとうかいっ！　ロイド君とぉ……ぶっとうかいっ！」

言っても信じてもらえない王女ナンバーワンこと魔女マリーさんです。

王女としてお城に戻る代わりにロイドと付き合える（かもしれない）という誘いにまんまと乗っかった彼女。親の権力で無理やりという部分にほんのちょっと罪悪感と葛藤《かっとう》がありましたが「王女様がマリーさんなら悩まなかったかも」の一言で吹っ切れたようです。

「あのロイド君との自堕落《じだらく》な生活……っと、近所の人やお客さんと気軽に会えなくなるのは寂しいけど……最近は色々なライバルも出てきたし、このままじゃジリ貧だし、仕方がないわっ！」

台詞《せりふ》の最初の部分が全てだと思いますが皆さんスルーしてあげましょう。

さて対照的にシリアスな表情なのが静かに座っている王様です。

「フマル……」

疎遠になった親友との再会を前に少しナーバスなご様子です。こういう時って懐かしさよりも不安が勝ることの方が多いものですよね。

もしかしたら他人のような態度を取られるかもと思うと逃げ出したくなる衝動にかられ、しかし逃げてはいけないと自分を諫《いさ》め……その葛藤で胸が苦しいのでしょう。

「娘の……マリアの晴れ姿を見せることが今のワシにできることじゃ」

「グェー！　このドレスウエストきつすぎ！　酒飲みすぎたせい⁉　いやでも幸せ太りの範囲内よね」

脂肪の方が幸せより先にくる幸せ太りとはこれいかに……

「うん、まぁある意味アイツらしい……リーンの娘らしいところを見て笑ってくれるといいんじゃがな」

王様はマリーを見て柔らかに微笑むのでした。

第三章

たとえば父性本能に近いような愛情

そして、舞踏会当日を迎えました。

軍人や士官候補生たちが一生懸命準備した会場は一流ホテルに併設されていても違和感のないほどのダンスホールになっており、そのすべてが最高級な雰囲気を演出していました。

特に天井《てんじょう》に設置されたシャンデリア群の煌《きら》めきは圧巻の一言。今日のために角度や配置などを工夫し一手に手掛けた照明の巨匠アランによる調光技術はまさしく「匠《たくみ》」の魔法。会場を訪れたアザミ王国の要人たちをムーディな空間に誘《いざな》ってくれます……本職が軍人であること忘れていませんよねアランさん。

「十二番照明、魔力が足りていない。直ちに魔力補充、もしくは交換だ」

照明の陣頭指揮を執るアラン……これはド忘れしていますね。うん、間違いない。

しかしそんな彼を見た一部から「ドラゴンスレイヤーアランは裏方仕事にも全力だ」と謎の評価を上げたのはまた別のお話……

とまぁ集まったアザミの要人たちは彼のおかげで和《なご》やかに談笑しては仕事の話に花を咲かせ、商談まで始める方もいました。戦争がらみの会話をしている人も散見され、まさに社交場といった雰囲気ですね。

そんな中、リホとメナは並んで会場を見やっていました。警備として目を光らせている……という感じではなさそうです、若干《じやつかん》死んでいます、目が。

「ロイド君いないね」

「……っすね」

メナの言葉に元気のない返事をするリホ。いったいどうしたのでしょうか。

話は少し前、舞踏会開催直前にさかのぼります。

「舞踏会当日を迎えましたわね、あぁお仕事でなかったらロイド様とダンスを踊りたいところなのですが」

「ハイハイ、妄想してねーで仕事すっぞ」

セレンとリホの掛け合い、そこにいつもだったらフィロも小声でボソリと参加するはずなのですが何やら考え込んでいる様子です。

「どうしたフィロ？」

心配そうに話しかけるリホに、彼女は少しばかり不穏な表情を向けました。

「……その……さっき師匠を見かけた……変な感じだったからちょっと」

「確かにそうですわね、ていうか最近ずーっと妙な感じでしたわ」

「もしかしてロイドが王女を探していた一件が絡《から》んでいるのかもな」

そんな議論を交わす三人娘の横を照明器具を抱えたアランが通りかかります。

「どうしたお前ら、早く持ち場に行った方がいいんじゃないか」

「ったく照明バカは楽しそうでいいな……こっちはロイドと王女の件で――」

ロイドと王女と聞いて実情を知っているアランは「あぁ」と何やら納得と憐れみの目を向けました。

「お前らもついに知ってしまったわけか、そうか、そりゃ困りもするわ」

「ちょっとアランさん？　なんで憐れみの目を向けるんですの？」

「……その目は……何か知っているの？」

アランは「当日だしもう隠す必要はないな」と、ロイドと王女の一件の話を始めました。

みるみる顔色の変わる女性陣。そりゃそうですよね、王様の圧力でお付き合いから逃げ場のない状況を作らせたようなものですから。

すべて聞き終えた三人娘は沈痛の面持《おもも》ちです。

ここまでへこむとは思わなかったアランは自分で暴露しておいて困り、急いでフォローをします。

「いやお前ら、今日ダンスを踊るくらいで何も結婚まではいかないだろ？　なんでそこまで気落ちするんだ？」

「……ここまで頭が回らないとは」

フィロが切って捨てるように言い放ちます。

「な、なんでだよ、そこまで言うことかフィロ⁉」

「アランさんよぉ……行方《ゆくえ》不明だった王女様が公の場に姿を現す、その時ダンスパートナーのご指名をするお相手……」

「言葉に出さずとも二人は付き合っていると暗に言うようなものですわ」

「……バカアラン……レンゲさんが嘆《なげ》くわけだ」

「れ、レンゲさんのことは言うなよっ！　俺《おれ》はもう行くぜ！　お前らもそこまで落ち込むんじゃねーぞ！」

その辺は疎いアランは、罵倒されて涙目になりながら退散していったのでした。

残された彼女らは何ともいえない表情で立ち尽くしています。

「公開プロポーズみたいなもんだろ、踊るだけ踊って付き合いませんとかなってみろ、王族の顔に泥を塗るようなもんだ。さすがのロイドもその辺は分かるだろうぜ」

「……断れないだけかもしれない……そう思いたい」

へこむ二人に対してセレンは気丈にふるまいます。

「私はロイド様を信じておりますわ……それに何かあっても……その時は実力行使でしょう」

「おいセレン嬢、ギルドの要人がいる前で暴力はまずい……うまくやれよ」

「……暴力は時と場合によっては正義になる」

そんなことがあったようでリホは落ち込んでいるのでした。ちなみにそのことはメナもコリンから聞いており……心中お察ししているという状況なのです。

糸目をうっすら開いて死んだ顔の彼女を見て、彼女は気まずそうにしました。

「王女様とダンスをする予定なんで、きっと今頃《いまごろ》衣裳部屋じゃないっすか、んでもしかしたらよろしくやっているんじゃないですか」

投げやりなリホにメナは嘆息《たんそく》します。

「ま、別にダンスをするからってハイお付き合い、ハイ結婚ってわけじゃないからさ、落ち込むことないんじゃないの」

まるで自分にも言い聞かせているかのようなメナにリホは投げやりに反論します。

「こんだけ大勢の、しかも偉い人の前で、満を持して登場のマリア王女がご指名してダンスパートナーに選ぶ。誰だってその意味……ロイドだって分かりますよ」

静かに反論するリホの顔をメナがのぞき込みます。

「別にいいんじゃない？　衣装室に乗り込んで大暴れしちゃいなよ」

「アタシら仮にも軍人で警備中っすよ」

「んで、「ちょっと待ったー」って定番のアレやって、そんでゴメンナサイされればいいじゃない」

「ちょっと待ったしたあげく断られるんですかアタシ」

たまらずツッコんだリホを見て、メナは糸目を細めてニヤリとします。

「少しは元気出た？」

心配されていたことに気が付いた彼女は頭を掻《か》いて照れました。

「あー……元気の上に「カラ」ってのが付きますけどね…………っていうかそんなんじゃないですよ！」

そんなやり取りをする二人の前に給仕の姿をしたセレンとフィロが近寄ってきました。

「あらお二人とも、ロイド様をさらう計画でも？」

「……時代は暴力」

「オメーら元気すぎんだよ」

リホは思った以上に平常心なセレンを不思議そうに見やります。

「なんかセレン嬢の目に光が宿っているんだけどさ、オメー眼のハイライトなくして真っ先にロイドをさらいに行くと思っていたぜ」

セレンはふふんと鼻を鳴らします。

「マリーさんとダンスを踊る＝ロイド様の心が奪われたことにはなりません、むしろストレスとしてその反発心が私の元に向かう推進力になるのです！　恋の物理法則は無視できませんわ！」

自分のせいでロイドがストレスを抱えていないことを前提とした言葉に一同呆《あき》れています。

「アハハ、普段何かとこじつけては「イコール結婚」とか言っているセレンちゃんのセリフじゃないいね」

「……THEダブスタ」

フィロのツッコみをスルーしてセレンはさらに持論を展開します。

「ロイド様は最終的に私の元へ必ず戻るお方！　そこを信じていないとセレン・ヘムアエンとしての軸がぶれてしまいますわ！」

「まったくオメーの脳みそが羨《うらや》ましいぜ……あん？」

その時です、和《なご》やかだった会場が一瞬にしてざわめきに埋め尽くされます。

「キャプテン・フマル氏だ……」

「あのアザミ軍嫌いが？」

「威圧感凄《すご》いわね」

フマルが単身ダンスホールに乗り込んできたのです。ドレスコードなんて無視、これが俺の正装だと言わんばかりの堂々とした態度たるや……まるで海賊、もしくはマフィアのボスのようでした。

その威圧感に会場の空気は一変し緊張感が溢《あふ》れます。

「よぉ」

そんなフマルは会場にいるメルトファンに声を掛けました。

「キャプテン・フマル……ご無沙汰《ぶさた》しております」

「畏《かしこ》まんなくていいぜ。ライムジュース、ちょいと酸《す》っぱかったが長い航海にゃちょうどいい塩梅《あんばい》で美味《うま》かったぜ」

メルトファンは嬉《うれ》しそうに会釈《えしやく》します。

「ありがとうございます、ところで……」

「ん？　なんだい？」

「どうしてお心変わりしたんでしょうか、やはりライムジュースに感銘を受けてアザミ軍を見直してくださったんですか？」

「なわけねえだろ、あんたも冗談言うんだな」

メルトファンは真面目《まじめ》に聞いたつもりですが冗談としてかわされてしょんぼりします。

「あ、そうでしたか……ではそのお心変わりの理由、差し支えなければ教えていただけないでしょうか」

「気になるのかい？」

「ええ、ライムジュースの味の次に気になっておりました」

冗談じゃないんですよ、マジなんですこの脳みそ農家は。

「差し支えはねぇけどよ、説明は面倒なんで割愛させてもらうぜ、ところで……」

フマルは周囲を見回しながら尋ねます。

「ロイドって奴《やつ》はちゃんと来ているかい？」

「え、ええ。おそらく衣装室の方に向かっているのかと」

「そうかい、腹くくったようで何よりだ」

嬉しそうなフマルを見てメルトファンは「またロイド君が無自覚でファインプレーしてくれたのだな」と察します。

そんな折、ざわめきを聞きつけたアザミ王がフマルの前に現れます。

「フマル……」

「よぉルーク」

因縁の相手との邂逅《かいこう》。そこには不思議な空気が漂っていました、目で会話を始めているような両氏、次の瞬間熱い抱擁が始まっても、殴り合いが起きてもおかしくない雰囲気に周囲は固唾《かたず》をのんで見守りました。

耐えきれなくなったのは王に付き添っていたクロムです。彼は意を決してフマルに声を掛けました。

「積もるお話もあるでしょう、バルコニーに特別な席をご用意しております」

「おう、積もりに積もっているぜ」

それは恨みか会話のタネか……含みのある笑みを浮かべるフマルにクロムは冷や冷やしてお

ります。

妙な空気に包まれてしまった会場、コリンは「こらあかん」と気を利《き》かせて軍楽隊に指示を飛ばしました。

「アカンでこの空気……みんなここはいっちょムーディな音楽を頼むで！」

指揮者は頷《うなず》くとコリンのオーダーに応《こた》えるような楽し気なダンスミュージックを指揮します。ダンスの衣装に身を包んでいる人たちもこの空気をどうにかしようと気を利かせて一斉に踊り始めました。

「あら、エレガントな音色ね……アラン殿、踊りましょう」

アスコルビン自治領出身、アラン大好きでエレガントが口癖《くちぐせ》のレンゲが彼をダンスに誘います……ちなみにアランは彼女のことがちょっぴり苦手です。

「あ、いえ……自分はこの音楽に合わせて照明を少しいじりたいのですが……」

女性からのお誘いを照明が大事と言って断るアラン、女心が分かっていないとレンゲはご立腹です。

「嫁と照明！　どっちが大事だべ！」

思わずアスコルビン自治領の方言と地が出てしまうレンゲさんに凄まれてアランはダンスホールの中央へと無抵抗で引っ張られました。

「あれはドラゴンスレイヤーアラン」

「片方は斧《おの》の使い手レンゲさんか」

「お似合いの二人ね」

有名なアランと自治領の「斧の一族」から来たレンゲ。二人がダンスを踊っている様を見て微笑《ほほえ》ましい声が上がります。アランの顔、強張《こわば》っているんですけどね。

「……師匠も周囲からああ見られるのかな……しょんぼり」

「フェイクニュースと言い張りましょう、義は我にありですわ」

謎《なぞ》の自信を持っているセレンはフンスフンスと鼻息荒くロイドを信じているのでした。

さて、そのロイドのダンスパートナー予定であるマリーは控室でガッツリメイクをしておりました。

「はい、ドレスのウエスト部分はこんな感じでいかがでしょう」

「ありがとう、いい感じに仕立ててくれて本当に助かったわ」

「いいえ、ウエストの悩みは女性全員の悩み、迅速《じんそく》に対応できないと服飾店の娘、パメラ・ジークロルとして名乗れません」

メガネクイー
自信のある真っすぐな瞳《ひとみ》でメガネをクイーされ、マリーは謎の圧力に気圧《けお》されます。

「そ、そう……服飾店の娘さんだったのね。なんで士官候補生に？」

「ええ、よくぞ聞いてくださいました。我が家の服の良さを知らしめ、アザミ軍内に流通させ

ることが目的です。もちろん軍人としてのお仕事もしっかりこなします」メガネクイー
　ちなみに彼女の配属予定先は広報部……プロモーションと称してロイドにナース服を着せた元凶でもあります。

「あ、そう……しっかりしているわね」

「というわけで多種多様なご要望にお応えできることをアピールしたいのでお色直しは何回やっても問題ありません、社交ダンスの服にハードなタンゴを踊れる服、自治領のお祭り用のダンスハッピなるものまで何でもございますので」メガネクイー
　ねじり鉢巻きとカラフルな法被《はっぴ》という「ソイや！」や「ワッショイ！」という掛け声が似合う服を持って誇らしげにアピールするパメラさん……あの会場でソーラン節は新鮮にもほどがありますよ。

　笑ってやんわり断るマリーはパメラが退室するとどっと疲れた顔をしました。

　かと思ったら……

「ロイド君と……ウェッヘッへ……」

　実にだらしない顔のマリーさん。一人になっての第一声がこれですから相当楽しみだったようですね。

　ちょっと強引《ごういん》な手段とはいえ王族と軍人……下宿先の大家さんと少年以上の関係になり、幸せな生活を妄想し始めるのでした。

「そう、目的のためなら……お城に戻ることぐらい……ていうか、戻ることを目指して今まで頑張ってきたんだけどね」

父親が魔王に操《あやつ》られ逃亡生活の中アルカと出会い、そして父と国を救うため身分を偽り劣悪極まりないイーストサイドの住人として生活……それが終ってしまうと考えると、少し寂《さび》しさが去来しているのでしょう。

「あの雑貨屋での生活が終わるとなると、ロイド君どんな顔するんだろう……」

自分のことしか考えていなかったことを今更になって後悔し始める彼女、そんな不安を首を横にぶんぶん振って振り払います。

「大丈夫きっと！　ロイド君なら受け入れてくれるはず！　ってイタタ！」

マリーは首を振りすぎて痛めてしまい、首筋を揉《も》みながら「情けない」とこぼしました。

「まったくこんな姿師匠に見られたら「バカマリー」ってどやされるわ……」

アルカを思い浮かべてマリーはふと昔を思い返しました。

「そういえば師匠、よく私のことを拾ってくれたわね」

同い年くらいのちんちくりんな少女と逃げ出した先の草原で出会い、モンスター相手に指一本で返り討ちにしている彼女を見て面食らったことを思い出しました。

「あの時師匠なんて言ってたっけかな？　えーと「っぽいの見つけた！　なーんじゃ勘違いか」とか言っていたなぁ。誰かに似ていたのかしら私？　そして流れで弟子入りしたんだっけ」

各地を彷徨《さまよ》い魔力に磨きをかけ、何者かに取りつかれてしまった父を独力で救うべくルーン文字という技術を叩《たた》き込まれ、コンロンに連れていかれたハードな過去に思わずマリーは身震いしてしまいました。

「あの村ホント、ヤバかったわね……そんで時が経《た》つにつれて胸に対してコンプレックスがあるのか「このふしだら爆乳娘が！」とか「自己主張激しすぎるんじゃ！」とか毎日突っかかっては喧嘩《けんか》になって別れたんだっけか……懐《なつ》かしいわね……」

結局心配で数年間もの間、水晶で監視されていたんだと今になっては分かるマリーは再会したあの時も思い出します。

「ロイド君が来て師匠と再会して……全て解決しても結局居心地よくなって雑貨屋に居ついたのよね……」

ロイドと一緒にいられるから、というのが一番大きいところなのでしょうが、近所の人々との交流も……王女としてではなく魔女マリーとしての日々が楽しかったことを今になって痛感します。

「お米炊くの失敗して恵んでもらって……まだちゃんとお返ししていないなぁ……王族に戻ったら道路をちゃんと舗装する予算を出してとか言われちゃうかな？」

マリーが独り言《ひとりごと》ちていると、部屋の外から聞き覚えのある声がしました。

「似合っているじゃないロイド君、とうとう社交界デビューね」メガネクイー

「あ、ありがとうございます。ところでここに王女様がいらっしゃるんですか?」

「ええ、いるわよ。じゃ、私は用があるから」

外でパメラとロイドの声が聞こえ、マリーは思わず立ち上がってしまいました。

(き、来たっ! ロイド君! ついに私の正体を完膚《かんぷ》なきまでに告白する時が来たっ!)

完膚なき告白とはいったいどんな告白なのか気になりますが、マリーはやる気に満ち溢れ心拍数が爆上がりします。

「あの……王女様……」

ドア越しにかけられるロイドの声。

「………っぅ、ど、どぞー……」

声にならない声のマリーは振り絞るようにどうぞと言いました。

しかしどうしたのでしょう、ロイドが一向に入ってくる気配がありません。マリーがもう一度入っていいわよと言おうとしたその時です。彼は申し訳なさそうにドア越しで話しかけてきました。

「ロイド・ベラドンナです。その、ドア越しで失礼します……顔を合わせづらくて」

(顔を合わせにくい? もしかして私が王女だとやっと知って会いにくいとか? なわけないか)

一体どうしたのかとマリーは不安でしどろもどろになりました。彼女がテンパっている間にロイドは一方的に話を進めてきます。

「あの、王様からお話を伺っております……その、好意を寄せてもらっていることも、です。だからダンスを一緒に踊ってほしいと……でも」

足を揃《そろ》える靴音が聞こえます、どうやらロイドはドア越しに謝罪を始めた様子です。

「ごめんなさい……僕、王女様の気持ちに応えることができそうにありません！」

（なんですってぇ⁉　あんだけ推したのに⁉）

脳内で絶叫するマリーさん、思わずつんのめってガタンと大きな音を立ててしまいます。

その様子を怒っていると勘違いしちゃったのか、ロイドは再度申し訳ないと謝ります。

「本当にスイマセン、僕みたいな一軍人となんかじゃ釣り合わない……というのもあるんですが、実は他《ほか》に理由があるんです」

（他⁉）

まさか好きな人がいるから駄目とかいう流れ⁉　一体誰よとマリーの心拍数は最高潮に達しました。

意を決したロイドは息を大きく吸い込むと予想だにしない人物の名を発しました。そう、本当に予想だにしない人物でした。

「僕には、マリーさんという人がいるんです」

（急展開キタァァァァァァァァァァァァ！　ウワァァァァァァ！）

全力でガッツポーズするマリー。「ッシ！　ッシ！」と全身の筋肉を総動員させてのガッツポーズ、心拍数は限界を軽く超えていました。

まさかまさかのロイドの言葉。マリーは「ならばよし！　超よかろう！」と胸中で絶叫しっぱなしです。

――が、次にロイドが紡《つむ》ぐ言葉は……マリーの考えているのとはちょっと趣が違っていました。

「王女様はご存じかと思いますが、僕はイーストサイドで、魔女のマリーさんという方の雑貨屋でお世話になっているんですが、その人が――」

（何よ何よ！　大好き超好きエトセトラ⁉）

「その人は……生活に関して本当にだらしがないんですよ！」

（……………んん？）

なんか欲しかった言葉や雰囲気から遠ざかっていることにマリーはだんだん気が付き始めました。

マリーの不安をよそに、ロイドは切々と「その女、自堕落《じだらく》。その理由」と具体例を混ぜつつ語ります。

「僕が来るまでよく生きていたなーって逆に感心するくらいなんですマリーさんは。自堕落を極めていまして……少し目を離したらお酒ばっか飲んで、酔っ払っては服を脱いで床に突っ伏したり台所で体を洗い始めたり……脱いだ衣服の臭いをかいでは「まだいける」とかいうありさまでして……」

（…………見られてたんだ）

叱られている感じになってしまったうえで、マリーはとんでもないところまで見られていたことを知り、ただただ落ち込んでいきます。

「多分マリーさんをあのまま放置したら絶対に生きていけないと断言できます。その……王女様とそういう関係になってしまったらマリーさんと一緒に住むことはできないでしょう、良からぬ噂《うわさ》で王家の看板に泥を塗ってしまいますし」

まぁ形の上で婚約者が別の人間と同棲していたら、ゴシップ誌の格好のネタになることでしょう。

白目をむき続けるマリーにロイドは無自覚に追い打ちをかけていきます。

「だから申し訳ございません……あの人が自立するまで、僕は放っておけないんです。せめて週一で掃除に洗濯……毎日野菜を摂る習慣が身に付いてくれるまでは……」

「…………」

「王女様のお気持ちにはマリーさんが自立したら改めて向き合いたいと思います。僕の一方的なワガママでお断りしてしまって申し訳ございませんでした……失礼します！」

ロイドはドア越しに謝ると足早に去っていったのでした。

去り行く彼の靴音だけが廊下に、そしてマリーの耳に響きます。

「……」

マリーさんの心臓は止まっていました。そうですよね、もしかして恋心アリの相思相愛かも！　からの恋愛対象ですらなかった、憐れみの目で見ていたというカミングアウトだったのですから。

「ロイド君の「王女様がマリーさんだったら悩まなかった」ってそういうことだったのね、その……可哀想《かわいそう》だからほっておけない的な……」

期待させて上げて上げて叩きつける……ある意味無自覚少年の本領発揮という場面でした。

マリーは心が空っぽになり白目をむいたままホロリ涙を流しています。

「嫌われていないだけ……マシか……」

そう自分に言い聞かせるのが精一杯のようですね。

そのころ二階のバルコニー席ではダンスホールから聞こえてくる歓談の声や音楽をＢＧＭに

アザミ王とフマルが酒を酌《く》み交わしていました。

VIP席で王族と海運ギルド長が飲むお酒……さぞかし高価なものと思いきや、テーブルの上にあるのはそこらの市場で並べられているような安物のワインでした。

お互いにそれを手酌《てじゃく》でグラスに注《つ》ぐと乾杯もなく飲み始めます。

「王様のくせにまだこんな安酒でいいのかよ」

「舌は貧乏でな、こっちの方が合うのだよ。お前もじゃないか？」

「まぁなぁ、海の上ならどんな酒でも酔いが回るのが早《はえ》え、だったら懐《ふところ》を気にせず浴びるほど飲める酒でいい」

しばし会話に間が開いたのち、フマルが切り出しました。

「聞いたぜ、まだアイツのことを探していたんだな、軍辞めたコバを使ってよぉ」

「誰から聞いた？」

「風の噂だ。ついこの間、台風のように俺の船に乗り込んできたよ」

ロイドのことなのですが王様はピンときていませんね。フマルは気にせず話を続けます。

「俺はよ、てっきり諦《あきら》めているもんだとばっかり思っていた。早々にリーンを死んだことにして、愛想《あいそ》を尽かされて逃げられちまった事実を、テメエの不義理を隠そうとでもしたんだって邪推していたよ」

アザミ王は「それは違う」と反論しました。

「母親が理由もなく行方不明……子からしたら捨てられたと思うかもしれんじゃろ。それを避けるための苦肉の策じゃった。お前にだけはしっかり伝えておくべきだったが……」

「あぁ、悩んでいたところで例の魔王か、アバドンつったっけか」

「王妃らしき人物を見かけたという情報を商人から得たと聞き、ワシはそいつを王城に招いたのじゃ……その時から数年間の記憶がない」

沈痛な表情の王様。しばらく二人は無言でお酒をあおります。

「なまったんじゃねえのか？　情けねえ。若い頃ならそんなヘマしなかったろうによ」

「まったくじゃ、自分が情けないわい」

嘆く王様を見てフマルも懺悔《ざんげ》するように語ります。

「情けないのは俺も同じさ。俺はよ、結局その事実を確認することが怖かったんだ……オメーが悪もんで愛想つかしたリーンを俺が探し出せば、もしかしたら俺の元にアイツが来てくれんじゃないかって……自分に都合のいい妄想に浸《ひた》りたかったんだよ」

「すまんな、今でもリーンを愛していてのぉ」

「あぁハイハイ、くそったれが」

グイっと飲み干すとフマルは乱暴にまた継ぎ直します。

「いやだいやだ、年を取ると自分の非を認めて飲み干すのにも一苦労だ。昔は酒飲んでりゃ全部許せていたはずなんだけどよ」

「もっと楽しそうに飲まんか。今日は娘の門出の日じゃからな」

「門出ねぇ……それも小耳にはさんだんだけどよ、風から直接聞いた」

「娘が無事で、そしてお城に戻ってくる。未来の花婿《はなむこ》候補もお披露目じゃ。これを門出と言わずに何という」

「ロイド少年をダシに使って実家に娘を引き戻す職権乱用ダメ親父が何言ってやがるんだ」

「そこまで知っているなら分からんか！　ワシの気持ちを！」

「分からねえよ独り身の俺にゃあな」

「ってお前、ロイド君を知っているのか⁉」

「反応おせーよ……まぁ確かに良い男だ。阿呆《あほう》だけど真っすぐだ。娘の婿にしてもいい気持ちは分かる」

　普段人を褒めないフマルが褒めるのを見てアザミ王はご満悦です。

「そうじゃろそうじゃろ、そんな素晴らしい少年がマリアの婚約者として登場するのだよ」

「ただダンス踊るだけじゃねーか」

「国の要人の前で意味ありげにダンスを踊るのじゃ、そう見るのが自然じゃろ」

「そうやって外堀埋めるのばっか上手《うま》くなりやがって……まぁ、そう上手くいくかねぇ」

「ん？　なんじゃと？」

　王様が不思議がったちょうどその時です。クロムが息せき切ってＶＩＰ席に現れました。

「あ、アザミ王！」

「おぉどうしたクロムよ。そろそろマリアがダンスホールに来る頃かな？　ワシも父親として娘が無事であると皆に伝えねばな」

「そ、それがですね……マリア様曰《いわ》く『王女としての発表は中止にしてほしい』とのことです」

「なんじゃと⁉」

寝耳に水の王様は目を丸くしてクロムに突っかかってしまいます。

「どうしてじゃ！　ロイド君と一緒になれるかもしれんのだぞ！」

「どうやらそのロイド君がマリア様にお断りをしたそうです……ドア越しに『僕はまだ王女様の気持ちにはこたえられません。マリーさんという人が放っておけないからです』と」

「え、何それ。じゃあ彼は今一緒にいる魔女マリーが王女マリアと知らずにずっといたわけ？　カミングアウトとかしていないの？　結構長い間一緒に住んでいるよね」

衝撃の事実に王様は混乱してしまいます。

「ンガハハ！　やりやがったな少年！」

一方でフマルは愉快に笑っているではありませんか、王様はクロムを摑《つか》むのをやめて彼の方に向き直ります。

クロムはこれ幸いと「では自分は仕事がありますので」と言い残し、逃げるように去っていきました。

「フマル！　お前何かしたのか⁉」

「べっつにぃ。俺はただロイド少年に自分の思うようにしろと背中を押したまでだよぉ」

「邪魔しおって！　娘と一緒に暮らせると思ったのに！　邪魔しおってからに！」

「お、やんのか老いぼれ」

「お前も老いぼれだろう！」

胸ぐらを摑み合って殴らんとする両名、そこに――

「あれ？　仲が悪くなったって聞いてたわりにはじゃれあってるじゃない」

「「――ッッ！」」

二人は聞き覚えのある声に反応し、お互いの胸ぐらを摑んだまま声のする方を振り向きます。

「久しぶりだねルーくん、フーさん」

冒険者ギルドのギルド長そして――マリーの母親でアザミ王国の王妃であるリーン・コーディリア、通称リンコがそこにいました。

リンコは平然と王様の顔を覗《のぞ》き込みます。

「ん〜？　二十年ぶりに嫁さんが帰ってきたというのにそのしけた顔は何かね？」

屈託《くったく》のない笑顔のリンコ。

「ど、ど……どういうことだ、その姿……当時のままじゃないか！」

「幻覚か⁉　それともモンスターの類かぁ⁉　まだ酒そんな飲んでないのによぉ」

リンコは不服そうに頬《ほお》を膨らまします。

「酷《ひど》い言いようだねぇ……まぁいいか、まずは――」

そう言いながら彼女は意味ありげな表情でポッケから手を出し、姿勢を低くし始めるのでした。

「リーンっ！　それはっ！」


さて、そのころ王女を振った（笑）ロイドはダンスホールの方へと戻ってきました。到着と同時にセレン、リホ、フィロの三人娘に問い詰められます。

「ろ、ロイド様⁉」

「その格好、やっぱお前王女様と……」

「……………うぬぬ」

三人に対し、ロイドはバツの悪そうな顔で笑います。

「あ、アハハ。その……もう隠しても無駄ですね。僕、王女様とのお付き合いを断ってきました。なんだか荷が重いので」

お騒がせして申し訳ございませんでしたと謝るロイド。

セレンはパぁッと明るくなり勝ち誇ったような顔を見せました。なんだかんだで不安だったんですね。

「ホラ見なさい私の言った通りですわ。そしてロイド様は真実の愛に気付き私と共に人生を歩むと――」

「………妄想お疲れ様でーす……でも、でも、よかったぁ」

フィロもキャラらしからぬ気の抜けた表情で胸をなでおろしていました。

リホも気の抜けた顔をしますが色々気がかりなのできっちりロイドに確認します。

「でもいいのか、マリーさん――」

これから一緒に暮らすの気まずいだろ、と言いかけたリホにロイドが笑って説明します。

「ええ、マリーさんのことを放っておけないのでお断りしました」

「……ん、どゆこと?」

「王女様にはお会いしましたよね、では……」

そこでロイドは一部始終を説明します。顔を見て断るのが辛《つら》いので王女様とは直接会わずドア越しに断ったと。マリーさんが自堕落すぎて放置したら生きていけない可能性が高いから彼女が自立するまで保留にしてほしい云々《うんぬん》をです。

全てを聞き、あの真顔がデフォルトのフィロですら苦笑します。

「……あの人も不憫《ふびん》な」

「結局正体言えずかよ……まぁもう一生無理だろうな」

リホが憐れみの声で結構酷いことを言っている時です。噂をすれば何とやら、そのご本人が放心状態でダンスホールに現れ、12ラウンド戦い終えたボクサーのように力尽きて真っ白になっていました。傍《かたわ》らではクロムが必死にフォローしています。

「素敵なドレスに身を包んでいらっしゃるのに、中身のせいで台無しですわ」

大股開きで壁にもたれかかる彼女の姿を見て誰があれを王女様と思うでしょうか、というくらいいたたまれない姿でした。

さて、無自覚に恋愛対象外だと言い切ったロイドはマリーのその痛々しい姿に気が付きトテトテと近寄ります。

「あ、マリーさんだ。お疲れですか？　やっぱりこの国の陰の英雄、お呼ばれしていたんですね」

「あ、ロイド君」

「うん、そのドレス似合っていますよ。まるで王族の方のようです」

まるでというか王族（笑）なんですけどね。

クロムはロイドの無自覚っぷりに戦慄《せんりつ》します。

「この子は時折エグい角度で切り付けてくるなぁ……」

一方マリーは投げやりでした。

「アーマジスカー、アザマース、ロイドクーン」

もう絶対何やっても王女だと分かってくれないんだろうなと思うマリーは片言になってしま

いました。

「ううーん、やっぱり元気ないですね……そうだ！」

何か思いついたのか、ロイドは力強くマリーの手を取り彼女を引っ張り上げました。

「踊りましょう、何が起こったのか知りませんがこういうスッキリしないときは踊るのが一番ですよ！」

半ば強引に彼女をダンスホールの中央に連れてくると、ロイドは見様見真似《みようみまね》で踊りだします。

ぎこちないリードですが元気を出してほしいという彼の思いの伝わるリードでした。

「曲調をロイド殿のダンスに合わせる感じでお願いします。そして俺の照明力でロイド殿を映えさせてみせますぞ！」

アランはマリーを元気づけるためにロイドが踊りだしたことを察すると、彼のために軍楽隊に指示を出し、照明の匠自らライトアップしてムーディに盛り上げ始めます。

「ロイド殿、俺にできることはこれぐらいですぞ！」

サムズアップするアランにロイドは小さく一礼すると、マリーを大胆にリードし始めます。

「元気出ましたかマリーさん？」

彼の笑顔が煌めきます。

王女様よりもマリーが心配。

恋愛対象からは程遠くても、彼が一番心配しているのは自分だとこれでもかと伝わったマリーは自然と笑顔になっていくのでした。

「ホントにもう……私、単純ね」

自嘲《じちょう》気味に笑いながらロイドのリードに合わせるマリー。

「ええ雰囲気やけど王女ってアナウンスせんでええの？」

予定と違うことをクロムに聞くコリン。クロムは事の一部始終を説明します。

「――というわけで、王女であることをカミングアウトするのは今回はナシだ」

「ハッハ、ホンマか……難儀やな」

「フッ、そうか……やれやれ、先は長いなマリア様」

クロムから真相を聞いたコリンとメルトファンは、らしいオチだと思わず噴き出したのでした。


「あれロイド君じゃない？」

「綺麗《きれい》な人と踊っているな」

「あれ雑貨屋のマリーさんだよ」

「あぁロイド君の下宿先の人」

「大家さん想《おも》いなのね」

二人のダンスを見てギルド関係者や軍人仲間は良い雰囲気の二人を微笑ましく眺めていました。

「いい雰囲気じゃん」

「大家じゃねーっつーの……でもま、いっか」

「マリーさん何か言いました?」

「ううん、なんでも」

一瞬毒を吐いたマリーさんですがすぐさま笑顔で取り繕います。

実にいい雰囲気のお二人さん。

そんな状況を好ましく思っていない人たちがギリリと歯ぎしりをして睨《にら》みつけていました。

「いくらなんでも浮かれすぎじゃね」

「これは銃で狙撃案件ですわ」

「……暴力はアリですか?　……アリですね」

怒れる三人娘……そこに彼女ら以上に怒り心頭のミコナが現れました。

「どういうこと!　何故《なぜ》ロイド・ベラドンナはマリーさんと踊っているのかしら!」

リホが悪い目つきのまま説明します。

「ロイドが断ったんすよ……そこまではいいんだけどよぉ」

「よくないわよ!　あぁロイド・ベラドンナと王女様がくっついて傷心のマリーさんを私が

しっぽり慰める算段だったのに」

マリー＝王女様の図式を知らないミコナは可哀そうなくらいピエロでした。

「……その作戦は最初から破綻している」

「説明がややこしいですわ」

王女とくっつくことが成功しても結局マリーはロイドの元に行ってしまう流れですからね。

三人娘にミコナも並び、一同悶々《もんもん》とした表情でロイドとマリーのダンスを眺めているところに……彼女らにとっての救世主が現れます。

「お困りのようね」メガネクイー
「あ、あなたはメガネ女子先輩！」

「ロイドに色んな服を着せるコスプレマニアの先輩じゃねーか」

「……ナース服の節はどうも……眼福でした」

彼女は手を挙げて謙遜《けんそん》すると自己紹介を始めます。

「パメラ・ジークロルよ、ミコナの同級生ね」

「パメラ、お困りとか言っていたけどこの状況を打破する手立てがあるのかしら？」

彼女はメガネをクイーしながら答えます。

「然《しか》り、私はノースサイドのジークロル服飾店の娘、今日も何着かダンス用のドレスを提供したわ」

「…………つまり？」

「私がドレスを提供しましょう。あなたたちは要人に紛れてロイド君やマリーさんと気のすむまでダンスを踊りなさい、私は実家のドレスを各ギルドにアピールできてウインウインの関係になる……どうかしら？」メガネウィンウィン

したり顔のパメラにミコナは「でかしたわ！」と肩を叩いて称賛します。

「さすがパメラ！　上級生の参謀ね！」

「ではついてきて」

パメラに誘われて衣装室に向かう一同……仕事をガッツリサボっているのはいかがかと思いますが、恋は何物にも勝る優先事項なので仕方ないですよね。

そして数分後……未《いま》だ浸っているマリーは実に幸せそうな顔をしておりました。

好きな人と衆目の集まる中、視線を浴びながらダンス。

「こんな時間がずっと続けばいいのに……」

続くわけないじゃないですか。奴らがいるんですから。

「ハイ、オーラーイ！　オーラーイ！」

「ロイド様！　愛情満タン入りますわ！」

「……いらっしゃーせー」

ガソリンスタンドの店員の如《ごと》くダンスする二人を誘導する三人娘。ロイドは素直に彼女らの

誘導に従ってしまいました。

「あ、はい。何でしょうか？」

「ろ、ロイド君！　コレは罠《わな》よ……っ！」

リホはすかさずマリーの肩をがっちり摑みます。

「はいどうも～、交代の時間だぜ」

「あ、あなたたち……仕事はどうしたのよ⁉」

「しつこいファンを引きはがすのも私たちの務めですわ」

握手会の引きはがし役と軍人を一緒くたにするのはどうかと思いますが……まぁある意味お互い戦場で仕事しているには違いないですけどね。

「…………お先」

リホとセレンがマリーとやり取りしている最中にフィロがロイドをゲットしました。

「あ、コラテメー！」

「フィロさん！　アンフェアですわよ！」

フィロはアジアンなベリーダンス衣装っぽい服装でロイドの手を取りステップを踏み始めました。

「フィロさん？　お仕事の方は……」

「……今、要人の警護中」

「僕要人じゃないですよ⁉」

「……私にとって」

密着しながらダンスするフィロ。隙《すき》の無い密着具合、さすが身体能力と身体造形……ナイスバディです。

「ヴリトラさん、久々のお仕事ですわよ！」

「ホント、我こんな時にしか呼び出されないのね……」

セレンが呪《のろ》いのベルトでロイドの方を摑むと自分の元に引き寄せました。

「……しまった」

自分の方が引きはがされると思って身構えたのが仇《あだ》になってしまったようですね。フィロは「してやられた」と口惜《くや》しそうにしています。

さて、ロイドをゲットしたセレンはクリスマスにプレゼントをもらった五歳児の如くテンションマックスです。

「せ、セレンさんもお仕事は大丈夫ですか？」

「ロイド様、軍人の本分は恋愛ですのよ」

「初耳ですよそんな本分⁉」

情熱的なタンゴの衣装に身を包んだセレンはその衣装のように情熱的な求愛行為を見せつけます……まぁ普段と大して変わっていないと指摘するのは野暮《やぼ》ですね。

「あぁぁぁぁロイド様ロイド様ロイド様ロイド様ロイド様ロイド様っ！」

「せ、セレンさん大丈夫ですか⁉　なんかちょっと……」

「私決心しましたわ！　ここらで勝負を決めておかないと勝てる試合も勝てなくなりますゆえに！」

「なんの勝負なんですかぁ⁉」

身の危険を感じたロイドはセレンの一瞬の隙をついて飛びのきました。その先には――

「ろ、ロイド⁉」

「り、リホさん⁉」

リホがいました。ロイドと踊りたいけどどうしようかと手ぐすね引いて待っていたところに彼が飛び込んできたものですから……口から心臓が出るくらいびっくりしています。

「り、リホさんもお仕事どうしたんですか！」

「うぇーっと、それはだなぁ……えっと、侵入者！　そう、侵入者がいるんだよ！」

「そ、そうなんですか……なるほど、ダンスをしながら不審人物を探しているんですね。分かりました僕も微力ながら協力します。さぁ踊りましょう」

「お、おぉ」

とまぁ太陽と北風と言いますか……ロイドの尊敬とダンスの権利を両方ゲットしたリホ、無欲の勝利でしょうかね。

さて、ところで嫉妬の権化《ごんげ》ともいえるミコナは今どこにいるんでしょうか――

嫉妬《しっと》のまなざしを送るセレンとフィロ。

「「……くぅ」」


その彼女はまだ衣裳部屋にいました。

「このドレスは……う、これもダメね」

ミコナの足元には大量の試着し終えたドレスが散乱しております。自分に似合う飛び切りの一着を探しているというわけではなさそうですが……

「それもダメなの……なんていう破壊力」メガネクイー
おや、パメラも驚いていますね、その理由とはいったい何なのでしょうか。

「くぅ！　これも胸が苦しい！　早くマリーさんのもとに駆け付けたいのにぃ！」

どうやらミコナ、ほとんどのドレスが彼女の豊満なバストに合わないようですね。

「参ったわ……ウエストではなくバストがここまで想定外のデカさだったとは」

「こうなったら胸を晒《さら》してでも行くしかないのかしら……」

「それは服飾店の娘としての沽券《こけん》にかかわるわ。すぐ裁縫道具を調達してくるから待っていなさい」メガネクイッ
急ぎ部屋を出て道具を調達しに行くパメラ。ミコナは何か手はないかと衣装を漁《あさ》ります。

「あれもダメ、これも論外……ん？」

その時、奇妙な嘆き声が別室から聞こえてきます。そこには――

「こんな時に一体何かしら……あ、あなたは⁉」

「くぅ、まさかロイドとダンスのチャンスがあったなんて……しかし、忍び込んだはいいもののワシに合うドレスがないではないか！　九歳児サイズも想定に入れんかまったく」

アルカでした、どうやら舞踏会の話を聞きつけて忍び込んだあげくドレスを漁っては文句を言っているようです。不法侵入と窃盗、現行犯でしょっぴけるヤツですね。

「アルカ村長⁉」

「ぬ？　お主《ぬし》はミコナか」

過去、変態同士として通じ合った二人。今回も一瞬でお互いの境遇を理解し合ったようです。

「アルカ村長もですか」

「うむ、どうやらワシもお主も合うドレスがなく苦心しているようじゃな」

話早すぎですね君たち。

「今私の同級生が裁縫道具を取りに向かっていますが……」

「間に合わん可能性もあるのぉ。ワシに至ってはサイズ調整どころではすまんじゃろう」

困り果てる二人。その時です、アルカの足元に「あるもの」をミコナが発見しました。

「あら、コレは何かしら？」

「ぬ？　おぉこれは！　でかしたぞミコナよ！　これならやりようによってはお主の胸だろうとワシのような可愛《かわい》いサイズであろうと合わせられる可能性大じゃ！」

二人は一体何を見つけたのでしょうか……彼女らは早速「あるもの」を身に着けてダンスホールへと出陣したのでした。


そして……何も知らないロイドたちは未だにあーだーこーだやっています。

「リホさん！　あなたって人はいっつっもいっつもおいしいところをかっさらって！」

「…………逆に勉強させてほしいくらい」

「お前らなぁ……これはアレだろ、ほら……」

セレンとフィロに文句を言われても、リホはダンスを堪能していますね。具体的な言い訳が思いつかないほど楽しんでいるご様子。

一触即発な雰囲気。たまらずマリーが仲裁に入ります。

「ちょ、ちょっと……ギルドの要人がいる前でケンカは……」

「「「誰のせいだと」」」

「あ、ハイ。すんません……」

はい、ある意味このケンカの原因であるマリーの仲裁なんて耳に届くわけありませんよね。

「何でマリーさん罪悪感たっぷりに謝るんだろ……」

流れをまったく理解していないロイドが小首を傾《かし》げているそのときです――

♪ピョイヒャ～♪

混迷を極めるダンスホールに間抜けな笛の音が鳴り響きました。

「な、なんですの？」

「…………っ！　アレは」

「ミコナ先輩と……アルカさん⁉」

フィロの指さす方にはミコナとアルカが自信たっぷりに肩を並べてこちらに向かってきています。

そんな彼女らが着ているのは西洋風のダンスホールに全く似つかわしくないサラシにハッピという盆踊りスタイルでした。アルカに至っては謎の横笛をへたくそなりに吹いています……指が短くてしっかり押さえられないから音色が裏返る裏返る、不協和音も甚《はなは》だしいです。

どうやら合うサイズのドレスがないためサラシで全身を巻いて上からハッピを着こんで誤魔化《ごまか》すという強硬手段に出たようです。これを舞踏会のドレスというには無理がありすぎですね。

「やっぱアレはダンスホールには合わないわね……反省しないと」

裁縫道具を取りに戻って現場に遭遇したパメラも反省するくらい違和感バリバリの衣装でした。

しかし、二人は自信に満ち溢れた顔をしております。思いついた瞬間の「これいけるんじゃね」なテンションのままなんでしょう。まったく生きてて楽しそうですね。

まずアルカは「♪ピョイヒャ～♪」と笛を吹きながら牛若丸《うしわかまる》の如く八艘《はっそう》飛びムーブでリホとロイドの間に入り、引きはがします。

「さぁロイドや！　リホたちとばかりで寂しいぞい、ワシともダンスをしてくれ！」

「な、何ですかその格好⁉　その衣装でどうやって踊るんですか⁉」

「フィーリングで大丈夫じゃろ。なんせワシとロイドはフィーリングカップルじゃからな！」

一方でミコナもマリーと一緒に踊ろうと必死です。

「サイズの合うドレスがなかったけどハッピを着ればそんなの関係ないわ！　さぁマリーさん踊りましょう！」

「ミコナちゃん⁉　なんで私なの？　ていうかどんな踊りをすればいいの？」

「ノリで大丈夫です！　なんたってハッピですから！」

うーん無茶にもほどがありますね、ハッピのポテンシャルを信じすぎでしょう。

さて、彼女らの自治領の盆踊り的ファッションを、腕を組み険しい表情で見ている者がおりました。

「あれじゃ、ダメだべ」

レンゲです。自治領出身の彼女、どうやらハッピを着ての踊りに一家言《いっかげん》あるようで我慢でき

ず二人の方へ歩いていきます。

「ぬ？　なんじゃらほい？」

「コラそこの二人！　動きがなっちゃいねーべ！　アスコルビン自治領のハッピさ着るならもっとソウルフルに踊らねーとダメでねーか！」

「れ、レンゲさん？」

レンゲはミコナの肩をむんずと掴むと腰を落とすよう指示を出します。

「腰は深く！　舟をこぐように全身を連動させてソイヤソイヤとリズムさ合わせる！　ほれ娘っ子！　オメーも真似しろ！」

「え、それじゃロイドと密着が……」

「腰を低くだべ！　聞こえなかったか⁉」

「う、うむ」

どうやらレンゲさん、あのアルカですら気圧すほどの自治領音頭のガチ勢であるようですね。

そして軍楽隊の方に近寄ると曲調を変えろと指示を出します。おしゃれな音楽が一転、陽気なお囃子《はやし》風盆踊りミュージックへと変わってしまいました。

中央でレンゲを中心に自治領音頭が展開され、場にそぐわぬ異様な雰囲気が醸《かも》し出されるダンスホール。

しかし、おかしな動きですが酒の入ったギルド関係者やアザミ王国の要人たちはそれを面白《おもしろ》がり、盛り上がり始めるのでした。

止めようかどうしようか迷っていたロイドですが……

「なんか変だけど、みんな楽しそうだからいいか」

そんな感じで微笑んでスルーしたのでした。

「ひぃぃ、なんじゃあの自治領音頭ガチ勢は……思ってた流れと違うわーい！」


さて、会場があらぬ方向で盛り上がっている中、王様とフマルの前に現れたリンコは……

「今までサーセンッした！」

低い姿勢から華麗な土下座を決めて二人を魅せました。二十年ぶりの再会で迅速な土下座、二人はあっけにとられてしまいます。

「いやいや」

「いやいやいやいや」

まぁ、こういうリアクションしか取れませんよね。

リンコはというと、顔を上げて笑いながら立ち上がり椅子《いす》に腰を掛けます。

「イヤー、ホント早く謝りたかったんだよ、これでスッキリしたね」

「いや、まったくこっちはスッキリしておらんのじゃが」

呆れるアザミの王様、一方フマルは未だ警戒しています。

「おい、お前が昔のリーンの姿に化けたモンスターか魔王って可能性はぬぐい切れていねーぞ」

同い年くらいなら五十近いはずの年齢。しかし目の前にいる彼女はどう見ても二十歳そこそこにしか見えません。警戒するのも無理ありませんね。

武器を取り出そうとする彼を王様は制します。

「いや、あの土下座はリーンだ、さすがに分かる」

「そこかよ！」

「さすがルーくん、分かってくれるかアッハッハ」

フマルは呆れ、苦い顔でリンコに問いかけます。

「リーンだとしてもだ、その若い姿である理由をきっちり説明してもらわねーと話が進まねえ。失踪《しっそう》した件も含めて洗いざらいゲロってくれんと俺ら二十年分の気が収まらねえ」

眼光鋭くリンコを睨みつけるフマル。

彼女は立ち上がるとおもむろにナイフを手に取ります。

「お、おい何をするんじゃ」

「まぁ見てなよルーくん」

そして彼女は、躊躇《ためら》うことなくナイフを腕に突き立てました。

「何するんだ！」

飛び散る血飛沫《ちしぶき》。しかし次の瞬間、傷口は不自然に塞《ふさ》がって元通りに。飛び散った血もふわりと消えてなくなってしまいました。

「な……」

「回復魔法の類ってわけでもねえな」

リンコは驚く二人を楽しそうに、そして悲しそうに見て笑います。

「私さ、実は不老不死なんだよ」

「「なんだって⁉」」

声を揃えて驚く二人。

リンコはポリポリ頭を掻いて説明を始めます。

「まぁ魔王ってわけじゃないけどさ、カテゴリーとしては同じ部類になるのかな？　うん」

「そ、そうなのか……」

アザミ王は神妙な顔でリンコの方を見ています。

「それがバレるのが嫌で失踪したと？　いや、話してくれればワシもマリアも……」

リンコはバツの悪そうな顔をして首を横に振りました。

「そうじゃないんだ……こっから話すことは信じるも信じないも自由だけど……ねぇ、人生で一番欲しいものって何だと思う？」

いきなり突飛なことを聞かれて二人は固まります。

「話の流れが見えんのだが」

リンコは言葉に困る彼らを見てまぁそうなるよねと頷いて言葉を続けます。

「地位やお金、愛とか……まぁ人それぞれだろうと思うけど、私が一番欲しかったのは時間だったんだ」

「時間？」

「そそ、ゲーム大好きな研究員。研究も楽しいし新作ゲームもやりたいのが山積み。時間欲しいなーって悩んでいたのさ」

新作ゲームという単語にピンとこない二人ですがリンコは話を続けます。

「で、ある日不老不死になれる可能性が浮上してね……まぁ色々問題あるから後回しにしていたんだけど、それを実行しようとする子たちがいたからさ、あえて止めなかった。で、結果がこうなっちゃった」

リンコは自嘲気味に笑います。

「まーおおむね成功？　こんな状況になるとは想像しなかったけど結果的に時間はできまくった。私は手元にある大量のレトロゲーやら積みゲーを消化。百か二百？　そのぐらいですがに飽きてきて時間に余裕あるし散歩でも行こうかと外を出歩くことにしたんだ。この世界のフィールドワークは新鮮だったなぁ」

思い返すリンコは屈託のない表情でした。

「この辺あのゲームっぽいじゃんとか楽しんでいたら冒険者と遭遇。やっべーファンタジーじゃーんって楽しくなって、情報も欲しいし、いっちょ冒険者をまとめ上げてみるかって」

「言っていることの大半がよく分からんが……情報欲しさに冒険者ギルドを立ち上げ、ギルド長になったのはそれが理由か」

「そ。んで二人に出会ったのもちょうどその頃」

「そうだったのかよ」

「さっき言った通り不老不死、結婚なんて昔は考えたこともなかったけど、時間もあるしいっちょ結婚してみっかって」

「軽いノリだったのはそれが理由かよ……相変わらずだなお前は」

「アッハッハ……で、マリアが生まれたわけじゃない？」

「あぁ」

「あの子が生まれてさぁ、気が付いちゃったんだよ『この子は私より先に死んじゃうんだ』ってね。他人とかが先に死ぬのは割り切れていたんだけど……我が子が先に死ぬのが決まっているって、くるものがあったね」

「だから、逃げたのか」

「怖かった。その思いは日に日に高まり、耐え切れなくなった私はついに現実逃避して適当な書き置き残して走り出したんだ」

「そうだったのか」

アザミ王は納得するそぶりを見せますがフマルは未だ険しい表情です。

「色々頭の整理はつかねえが……何故今になって戻って来たんだ？」

「目処《めど》が立ったのさ、不老不死を止める、君らとともに死ねる研究の目処がね」

「そうかい、オメーはいっつも急に変なことを言いやがる、振り回される身にもなれよ」

「あ、フーさんはそうなんだ。ルーくんは振り回されるのが楽しいもんね」

「チィ……俺の前でノロケはやめろや」

「というわけで、仲良く歳《とし》をとってもらうため、娘に笑顔で看取《みと》ってもらうため、協力してほしいんだ、色々とさ」

ちょっと困惑気味だった王様ですがすぐさま状況を飲み込んだようです。

「うむ、前から突拍子《とっぴょうし》もないとは思っていたが……まさかの展開じゃな。もうロイド君のせいでとんでもパターンには慣れっこじゃと感じていたところでこれとはのぉ」

フマルも同意すると不敵に笑いました。

「協力ねぇ……ま、俺とルークがいりゃ何とかなるだろ。大国の王様と世界の海を股に掛ける男だからよ」

「昔の悪童だった頃の顔が戻っておるぞフマルよ」

「そういうお前もな……まぁ俺はいつでもどこでも悪童よ」

笑い合う二人にリンコは小さく「ありがとね」と呟《つぶや》きました。

「まだ先のことにはなるかもしれないけどさ、あんたたちゃあの子と共に人生を歩めるよう頑張るよ」

優しく微笑むリンコに対し、アザミ王とフマルは若い頃のように笑みを返したのでした。

さて、その後ろ……ダンスホールではロイド達が何やら大騒ぎになっています。まぁアルカやミコナも加わったのですから揉めないわけがありませんよね。

「マリーちゃんや……聞いたぞい、お主何やら自分の権力を使って狡《ずる》いまねをしていたようじゃのぉ」

「ちょ、リホちゃん知っていたの⁉　ていうか告げ口はダメでしょ！」

反論するマリー、しかし弁明の余地なしと険しい表情のリホたちはガンつけております。

「どの口が言うのかなマリーさん」

「そうですわ相手の立場という弱みにつけ込んだ論外極まりないゲス行為ですわよ！」

お前が言うなという視線でマリーは言い返します、彼女に関しては反論の余地ありまくりでしょう、普段が普段なので。

「それセレンちゃんに言われたくないわよー！　ってフィロちゃん何しているのかしら⁉」

フィロは真顔でアルカとミコナをけしかけようとしていました、まるで忍犬ブリーダーの如くです。

「……判決はギルティ……いけ、村長さん＆ミコナ先輩」

「くぅ何やら犬扱いがちと気にかかるが覚悟せいマリーちゃん！」

「私は犬でいいですっ！　犬ならペロペロしてもいいですよね、ていうかしますよマリーさん！」

一名は犬扱いを光栄に思えているようで何よりです。

さて、そんな自治領のハッピを着込んで暴れ回る二人を自治領出身のレンゲが許すはずもありません、首根っこをガッチリ摑んでお説教モードに移行します。

「これ！　神聖なハッピさ着ていて何しとるんだべ！　特に子供の方！　ハッピはワンピースみたいに着るもんじゃねぇだ！　ちゃんと着ろ！　そしてちゃんと踊れ！」

「ぬわー、なんて面倒な自治領音頭ガチ勢じゃ！」

「ワ、ワオーン！　マリーさーん！」

ミコナの悲しき遠吠《とおぼ》えがこだまする中、どさくさに紛れてセレンはロイドをつれてどこかへ行こうとします。

「さぁロイド様、この騒ぎの間に逃げ出しましょう！　きっと皆さん許してくれますわ」

「どういう流れでそれが許されると思うかセレン嬢！」

「……さすがに阻止」

その様子を端から見ているクロムは四角い肩をガックリうなだれさせています。お疲れですね。

「おいこら仕事……いや、もう疲れた……あ、すんません、お酒もらいます……この気苦労が吹き飛ぶくらい強いお酒を……」

あ、酒に逃げましたね、まぁ今日ぐらいはいいでしょ。

そんなクロムのことなど気にもせず、同じく止めるべき立場のコリンもどさくさに紛れて踊ろうとします。

「こらもう無礼講や、というわけでメルトファン、踊るでぇ！」

「ぬ、私が踊るのか。そうか、ならば農家らしく五穀豊穣《ごこくほうじょう》な舞を踊らせてもらおうか」

真顔のまま当たり前のように服を脱いでフンドシ姿になるメルトファンの尻《しり》をコリンはたまらずひっぱたきます。

「アホ！　ムード読め！　何かっつーとフンドシになるなアホ！」

「ぬぅ⁉　いやしかし五穀豊穣は――」

「アホ！　ほんまアホや！」

パシーン！　とメルトファンのケツを叩く音がダンスホールに響き、場内は爆笑に包まれました。

生徒も、さらには同僚も暴走し始め、クロムさんはもうお水のようにお酒を飲みまくります……そして、

「お前らも……えぇい！　俺も踊るぞぉ！」

久々のお酒だったのでしょう、一瞬で酔いが回ったクロムは顔を赤らめて側転しながらダンスフロアへと飛び込んでしまいました。

「あ、あれは⁉」

「クロム教官⁉　酔っぱらってないか⁉」

ロイドとリホが心配する中、ストッパーの外れたクロムは声高に叫びました。

「うぉぉぉぉ！　俺のダンスを見ろぉぉぉぉ！」

そして披露されるキレッキレのダンス。軸のぶれない三回転から跳躍交え舞台を大きく使う動き、ちょっとしたプロのモーションです。

「うおぉ？　クロム教官⁉　このキレのあるダンスっ！　アザミの照明王ことアラン・トイン・リドカインが映えさせて魅せますぞ！」

アランは気を利かせてすべての照明をクロムに照射し始めました、よけいなお世話ここに極まれりですね。

煌めく角張ったおっさんのオンステージ……余談ですが今日のダンスでアザミの偉い人から陰で「四角いダンシングフェアリー」とあだ名で呼ばれるようになったそうです。もちろんもう二度と酒は飲まないとクロムさん泣きながら誓ったそうですよ。

そんなわちゃわちゃしたホールに目を向けて笑っていたリンコですが、見覚えのあるちんちくりんロリババアが視界に入り目を丸くして驚きました。

「ありゃ？　アルカちゃんじゃんか……あぁ、そういうことか、彼女がマリアのことを……」

「彼女がどうかしたかの？　マリアと仲よくしている近所の子供のようじゃが」

「ま、そりゃ分からないか………何でもないよルーくん」

ま、普通はそう思いますよね。

リンコはちょっと楽しそうに絡んでいるマリーとアルカを見て優しく微笑みました。

「アルカちゃんも元気でよかったわ、そして事情を知ったらマリアのことは彼女が守ってくれるでしょ」

彼女は背伸びをして独《ひと》り言《ご》ちました。さぁこれから一仕事だ、みたいなやる気に満ち溢れた伸びです。

「んじゃ、しわくちゃになるために一肌脱ぎますか……そのためには、しわくちゃになりたくないからって無茶苦茶しているあの人に邪魔されないようにしないとね、あの子のためにもさ」

何やら意味深な言葉を口にしながら、リンコは力強く何かを決心したのでした。

第四章

たとえば真実という名の極秘任務を告げられた密偵のような心境の二人

結局舞踏会はわちゃわちゃの末、豪華絢爛《けんらん》とはほど遠いまるで宴会のような終わり方になってしまいました。最後はレンゲさんが自治領流の一本締めで締めましたからね、ノリが会社の飲み会ですよ。

しかしギルドの要人たちにはおおむね好評だったみたいです、ダンスなんて堅苦しいものよりうまい酒にうまい飯を飲んで食って大騒ぎできる方が楽しかったんでしょうね。

あとは珍しい物を見られて大満足だったってこともあります、アザミ王と海運ギルドのフマルのツーショットはツチノコを見るより難しいと言われていましたから。

この二人の雪解けは翌日には各種タブロイド紙などが急遽《きゅうきょ》内容を差し替えるくらいの衝撃で一面では両名が仲良く握手する写真が掲載されました……ちなみにフマルさん結構強く握って王様を困らせています。小学生のようなことをする人なんですよ。

ただそこに、もっと大きく扱われるべきであろう王妃リンコのことは掲載されていませんでした。あの王様だったらノリノリで公表しそうなものですが……不老不死なんて誰も信じないだろうという理由以外にも何かありそうですね。

さて、そんな裏側の騒動など知る由もないロイドはマリーの雑貨屋にて、いつものように朝を迎え、家事に勤《いそ》しんでおりました。

「ふんふふ～ん」

王女様とのダンスの件が終わって肩の荷がおりたこと、そしてまだこの雑貨屋にいられることが嬉《うれ》しいのでしょう、鼻歌なんて歌っちゃっていますね。

「結局王女様がどんな人なのかは分からなかったけど、王様も色々忙しくなったみたいで「気にしなくていいよ」なんて言ってくださったし、ほんと気が楽になったよ」

弾《はず》むように独《ひと》り言《ごと》を口にしながらロイドは手際よく朝食を作り始めます。カリッとフライパンで焼いて水気をとばしたトーストに牛乳で溶いた卵をしみこませ、両面を香ばしく焼き始めます……傍《かたわ》らには瓶《びん》に入った蜂蜜。これはハニーミルクトーストですね、シナモンシュガーをお好みで振りかければ蜂蜜とシナモンのハーモニーに昇天すること請け合いの一品です。

「ん、我ながらおいしそうなのができたぞ」

ロイドは意気揚々《ようよう》とテーブルで待つマリーの元に朝食を届けに行きますが……

「…………………」ぐでーん

そう、まさに「ぐでーん」という形容がふさわしいほどマリーは見事にだらけていました。人をダメにするソファーと同じ素材でできているかと疑うくらいイスにもたれ掛かっています。だらしなさ全開、机すら拭《ふ》いていない彼女にロイドが何事《なにごと》かと心配します。

「ど、どうしたんですかマリーさん⁉　ついにアルカ村長のいたずらのせいで脳がどうかしちゃったんですか？」

その発言もなかなかですね。

さて、マリーはだらけながらロイドの方に顔を向けます。

「……せんぞ」

「え？」

「私は絶対自立せんぞッッッ！」

「本当にどうしたんですかマリーさーん⁉」

慌《あわ》てる彼を見てマリーは小さく笑います。その表情たるやまさに「計算通り」という言葉がふさわしい策士の笑顔です。

「はいロイド君、そういうわけで今後ともよろしく～……ってハニーミルクトーストじゃない！お久しぶりで～す！　うんめ～！」

ロイドには分からないでしょう。先日マリーが自立するまでは恋愛なんて考えられないとロイドが当の王女《マリー》に宣言したということを。そしてそれを逆手にとってずっと彼と一緒にいたいがために自立するそぶりを絶対に見せないと決心し、彼女が憐《あわ》れなポジティブモンスターと化したことなんて。普通あんなことを遠回しに言われたら生活を変えようと思うものですが相変わらず師匠に似て斜め上ですね。

「んもう、そんなんじゃ本当に一生自立できませんよ」

「いいも～ん、ロイド君に一生世話してもらうも～ん」

それもはや介護の領域ですよマリーさん。

ロイドは呆《あき》れながら「まったく」と子供を見るような目で彼女を見やっていました。

そこにセレンが現れます。朝からテンションマックス、決まった時間にロイドを迎えにきて愛を声高に叫ぶ姿は時報扱いされていることでしょう。

「おはようございますわ。ちゃんと自立しているセレンがロイド様をお迎えにあがりました！」

「自立している」の一言にマリーの耳がぴくりと動きます。続いてリホとフィロも登場します。

「はよざーっす、いやー自立しているから家事とか面倒だぜ。あれ？　マリーさんどうしたんですか？　自立できないから脱力しているんすか？」

「……自立できなきゃ人として見てもらえない……ぞ」

なじられたマリーはたまらず立ち上がりました。

「うっさーい！　人が作戦を遂行しているというのに邪魔しないでちょうだい！」

「あぁ、やはりわざとでしたか。まったく親の権力を使って外堀を埋めようとして失敗したら今度は苦肉の策を講じるとは……そんなのでは人生に上がり目がありませんわよ」

この舌戦、何のことか分からないロイドは小首を傾《かし》げるしかありませんでした。

そんな憤っているマリーの後ろ、クローゼットから今度はアルカとメルトファンが飛び出してきました。

「おぉ！　なにやらハニーミルクトーストの匂《にお》いがするのじゃ！」

「香ばしい小麦の香りにシナモン……まさに農業の集大成ですね」

濃いめのコンビの登場にマリーは今度はガチで脱力してしまいます。

「あぁ、爽《さわ》やかな朝がもう終わりを迎えちゃった……」

「おはようございます！　今、皆さんの分も作りますね！」

気を利《き》かせるロイドにメルトファンは自分の分は大丈夫と答えます。

「私はこれからお城に向かうのでな、お気遣いありがとうロイド君」

「そうですか……あれ？」

何かに気がついたのかロイドはキョロキョロし始めました。

「どうしましたかロイド様、婚姻届ならこちらにございますわ」

「お前朝から文書偽造はやめろや」

「……爽やかに軽犯罪」

いつものやり取りをスルーしてロイドは誰を探しているか伝えます。

「いえ、サタンさんがいないなーって。いつもメルトファンさんと来ているじゃないですか」

その問いにアルカが答えます。

「おぉ、あやつ何やら用事があるらしくての、昨日からコンロン村とアザミ王国を行ったり来たりしておるみたいじゃ、まぁあいつのことじゃし悪さはしとらんじゃろ」

ロイドはそれを聞いてちょっと残念そうにしました。

「そうですか、会心のトーストなのでぜひサタンさんにも食べてもらいたかったんですが」

「ぬぅ、ならば供養としてワシが奴《やつ》の分も食べてやるわい」

「こらロリババア！　死んでないでしょサタンさんは」

サタンの用事とはいったい……気になるところですが、目の前でハニーミルクトーストを一人ですべて平らげんとするアルカを止めることになり、皆の疑問は爽やかな朝の風景と共にすっ飛んでいってしまったのでした。

「あーもう！　朝の平穏かえせロリババア！」


さて、みなさんは気になっていると思いますので場面を回想シーンに移しましょう。それは先日の舞踏会の終わり間際《まぎわ》の出来事でした。

サタンこと瀬田成彦《せたなるひこ》とアランの斧《おの》に憑依《ひょうい》したスルトことトニー・グスマンはダンスホールの裏手の庭、華々しい喧騒《けんそう》が微《かす》かに響くような場所でボーッとしておりました。

「ったく、アルカ氏も急にここで待っていろとか……犬じゃないんだから」

「まったくだぜ！　こんな面白《おもしろ》イベントがあるのならアランも教えてくれりゃよかったのに」

「落ち着けトニー……そんな斧ボディでナンパしたって怖がられるだけだ。あの場所で俺《おれ》たちが魔王と気付かれたらややこしくなるしな」

サタンの正論にスルトは欲望で反論します。

「シャラーップ！　瀬田ぁ、お前は俺の気持ち分からねーだろ。プロムで相手が見つからなくて惨《みじ》めな思いをした俺のスクール時代のことなんか……ぶっちゃけあの頃《ころ》のぽっちゃりボディと比べるならこの斧ボディの方がシュッとしてワンチャンありそうなんだよ！」

実に切実＆悲痛な叫びをあげるスルトにサタンも癇癪《かんしゃく》起こした子供を見るような目です。

「キオ●ガンがあったら飲ませてやりたいよ……ただの学園祭にそこまで入れ込むとは」

「ちげぇよ！　これだからジャパニーズは！　こっちにとってプロムはお前らの甲子園《こうしえん》みたいなもんなんだよ！　あぁ叫びすぎてエネルギーが……」

「何となく伝わるが……まったく、煩《うるさ》くてかなわんな、どこかに捨ててこようか……」

そんなやり取りをする研究所時代のライバル二人。

そこに何者かが近付いてきました。

「こらこら、思念体が憑依した物騒なものを捨てたらだめじゃないかサタン君、石倉《いしくら》主任がまーた眉間《みけん》にしわ寄せちゃうぞ」

「「──ッ!?」」

聞き覚えのある声にギョッとし、振り返るサタンとスルト。そこにはリンコが含みのある笑みを浮かべながら立っていました。

「あ……あなたはっ」

「こ、コーディリア所長⁉　リアリィ⁉」

「ん？　その言葉遣いに声質、トニー君じゃない？　ずいぶんスリムになっちゃったね」

いきなり上司が、それも自分たちがおかしくなってしまった原因かもしれない人物の登場に二人は動揺を隠せません。

「しょ、所長、まずは聞きたいことがたくさんありまして……」

サタンの言葉も聞かず、リンコは「うぇーい」と喜んでおりました。

「サタン君っぽい頭が見えたと思ったらもう一人、これはもう頼み事をするしかないわね」

「何の説明もなくいきなり頼み事⁉　それよかルカちゃんとか含めて事の真相を教えてくれよ、なんで俺らがこんな姿になっちまったのかをよ」

スルトの要求をリンコは笑って断ります。

「あーゴメン、それはまだできないんだ。私とアルカちゃんが接触したらユーグちゃんやあの人に気付かれちゃうかもしれないからさ。それより協力してよ」

この申し訳なさの欠片《かけら》もない表情に「やっぱ本物の所長だ」と二人は確信したのでした。

そんな、何を考えているか分からないことに定評のあるリンコはビシッと二人を指さします。

「ここは所長命令を聞いてくれるかな？　アルカちゃんはユーグちゃんにマークされているから君たちが頼りなんだよ、キャバクラに夢中の落第コンビなんて絶対ノーマークだからさ」

「落第はともかく、まずは状況を整理させてくださいよ……」

困るサタンにリンコはずけずけ頼みごとをします。

「なぁにぃ？　周りに溶け込めないから頭がサタン大魔王みたいだからっていじってあげて仲良くなるきっかけを作った私のお願い聞いてくれないのぉ？　瀬田君」

「うぐ、これを知っているのはやはり本物の所長か……」

たじろぐサタンに呆れながら今度はスルトが文句を言います。

「おいおい、所長だったら知っていますよね、俺たちがキャバクラで同じ女を取り合いして仲が悪いって。色々聞きたいことが山ほどあるのにこいつと一緒に頼みごとって――」

リンコはスルトの言葉を聞いて声を出して笑ってしまいました。

「アッハッハ！　だからだよ、女性の趣味が合うってことは絶対相性は抜群なんだ、名コンビになれるって！　さっき目の当《ま》たりにした私が言うんだから間違いないよ」

確信をもって語るリンコ。さっきというのはきっとアザミ王とフマルの二人を指しているんでしょうね。

「出たよ所長のケセラセラ……何とかなる精神……勘弁してくれ」

首を甲羅に引っ込めてしまうスルトにリンコが交換条件を提案します。

「そんなこと言わないでよ、見返りにトニーのボディを作ってあげるからさ。私が収集した情報じゃ「燃える亀のスルト」としてアスコルビン自治領で暴れたんだよね、あそこから生態ボディの欠片を回収して培養していい感じに作ってあげるから、どーよ」

「ボディ……マジすか⁉　リアリイ⁉」

「リアルガチだよ、それに君たちにはこの世界がどうしてこうなったか、伝えられるだけの情報は伝えるからさ。もちろんアルカちゃんや石倉主任、当然ユーグちゃんには教えちゃだめね」

「石倉主任にもですか？　何で……」

「特に主任には……かな。色々やっかいなのさ、どう？　手伝ってくれるかな？」

無言で頷《うなず》くサタン。スルトも「ボディがもらえるなら」と乗り気です。

満足げに頷くリンコはいい笑顔を二人に向けました。

「よろしい、では君たちにはジオウ帝国、並びに大国プロフェンの諜報《ちょうほう》活動を任せたいと思う。連中の兵器や所持魔王、その他色々の調査をね……そして――」

リンコは柔和《にゅうわ》な表情から一転、真剣な顔で語ります。

「教えてあげる、この世界が何なのか、どうしてこうなったのか。あとはプロフェン王国のイブ……エヴァ大統領の真の目的をね」

彼女は二人にあの日何が起きたのか、その真実の一端を語り始め……そして彼らは戦慄《せんりつ》します。

たとえるなら原作者から物語の裏設定を聞かされた役者が如《ごと》く、想像だにしなかった出来事の数々にめまいを覚えるほど。そして自分の立つ世界の景色が一変してしまった二人は顔を見合わせ、言葉を失ってしまうのでした。

あとがき

私は楽しかった時より大変だったときのことをよく覚えているタイプです。

都内某所の喫茶店にて担当氏とラスダンの今後の話などをしている時でした。

サトウ「11巻ですか〜、ついこの間4巻書いていた記憶があるんですけどね」

担当氏「さすがにそれはないでしょうｗ」

……と、ガッツリ冗談だと捉えられた一幕がありました。

いやでもね、だってマジ4巻大変だったんですよ、ハゲるわネタがないから「なんか書いて欲しいの有りますか？」なんてリクエストを担当編集さんに問いかけるわな状況だったので。

その4巻は結局「ロイド初級ダンジョンに挑む」か「パイレーツ・オブ・セレン（ノープラン）」の二択で尋ね直し「ダンジョンいいっすね〜」の一言でダンジョンネタを書き上げました。

そんな間抜け作者が現在11巻まで刊行できている……読者のみなさまのおかげです、お付き合いいただいて本当にありがとうございます。

ちなみにこの11巻も直前までは「パイレーツ・オブ・セレン（ノープラン）」でした……はい、勘違いのネタは考えてあっても肝心のベース、本筋の部分が決まっていなかったんです。

ノープランだしやりたい勘違いとパイレーツ・オブ・セレンはどう考えてもかみ合わずどうしたものかと悩んで紆余曲折の末「舞踏会」に落ち着いたというわけです。

本作もパイレーツ・オブ・セレンの名残が残っており、その部分が海運ギルドの登場に繋がっています。セレンに船乗っ取られなくなってよかったですねフマルさん……

ちなみに来月刊行予定の新シリーズ「信じてくれ！　俺は転生賢者なんだ～復活した魔王様、なぜか記憶が混濁してるんですけど⁉～」の方もめちゃくちゃ苦戦した作品でして……まず企画書が通ったのが２０１７年11月の時点でお察しください。

そこからすったもんだで一端企画を破棄し、新しく企画を通しなおして前の企画書をリライトしつつ形にした代物です。やはり新人賞投稿と違い気楽にできないし責任も大きいので本当に戦った印象です。なんとか無事に刊行までこぎつけた次第です。

イラストレーターさんは「ななせめるち」先生です、エッチく美麗な挿し絵でお届けできますのでこうご期待！　みなさま、宣伝乙とは言わずよろしくお願いいたします。

余談ですがこちらの作品、当初の企画書では「帝国四天王の俺ですが副業で魔王軍の四天王もやってます」でした。この紆余曲折の話は新シリーズのあとがきの方に掲載いたします、興味のある方ぜひぜひ！　みなさま、商売上手乙とは言わずｒｙ

長々と失礼いたしました、まずは謝辞を……

担当のまいぞー様、新刊や新シリーズでご迷惑おかけしております、ご自愛ください。

イラストの和狸ナオ先生、生き生きとしたロイド達もさることながらモブの盾男さんまでキャラデザを仕上げていただいて本当にありがとうございます。モブにするのマジで惜しいです。

コミカライズの臥待始先生、この作品を書いているとき丁度、前述の4巻でした。大混乱ダンジョン攻略シーンの描き込みが凄くて本当に頭が下がります。

スピンオフの草中先生。自分のテキストネームをあんな華麗に仕上げていただいて感激です。ちょうどセントワート社登場回で可愛いロイド達との戦いがホント楽しくて仕方がありません。

アニメのスタッフ様、及び関係者様。この大変な時期、拙作の為に奮闘していただいて本当にありがとうございます。アニメ、正座して観ますね。

編集部、営業部、ライツの方々及び出版関係者様。自分ひとりの力では決してありません、皆様のおかげでの11巻です。これからもよろしくお願いいたします。

少しづつこの物語も終わりに近づいてきました。良くて5巻と思っていた作品ですがここまできたら、この子たちの活躍を最後まで書き切れればいいなと親心みたいなのが芽生えたりしちゃっています。その日までどうぞよろしくお願いいたします。サトウとシオ。

ファンレター、作品の
ご感想をお待ちしています

〈あて先〉

〒106－0032
東京都港区六本木2－4－5
ＳＢクリエイティブ（株）
GA文庫編集部 気付

「サトウとシオ先生」係
「和狸ナオ先生」係

本書に関するご意見・ご感想は
右の QR コードよりお寄せください。

※アクセスの際や登録時に発生する通信費等はご負担ください。

https://ga.sbcr.jp/

たとえばラストダンジョン前の村の少年が序盤の街で暮らすような物語 11

発　行　　2021年1月31日　初版第一刷発行
　　　　　2021年3月31日　　　第二刷発行
著　者　　サトウとシオ
発行人　　小川　淳

発行所　　SBクリエイティブ株式会社
　〒106－0032
　東京都港区六本木2－4－5
　電話　03－5549－1201
　　　　03－5549－1167（編集）

装　丁　　AFTERGLOW

印刷・製本　中央精版印刷株式会社

ISBN978-4-8156-0924-5
Printed in Japan　　GA文庫